지친 오늘, 당신을 위한 마음 처방전

마음비타민

마음비타민

첫째판 1쇄 인쇄 | 2025년 5월 14일
첫째판 1쇄 발행 | 2025년 5월 26일

지 은 이   이강준
발 행 인   장주연
출 판 기 획   임경수
책 임 편 집   이규빈
표지디자인   김재욱
편집디자인   김민정
일 러 스 트   김명곤
마 케 팅   박예진
발 행 처   군자출판사
          등록 제4-139호(1991. 6. 24)
          본사 (10881) **파주출판단지** 경기도 파주시 회동길 338(서패동 474-1)
          전화 (031) 943-1888   팩스 (031) 955-9545
          홈페이지 | www.koonja.co.kr

ISBN 979-11-7068-259-2 (03180)

정가 15,000원

지친 오늘, 당신을 위한 마음 처방전

마음비타민

이강준 지음

정신건강의학과 전문의로서, 또 평범한 아버지로서 소중한 젊은이들에게 전하고 싶은 내용을 이 책에 담았습니다.

평소 아들과 딸에게 문자로 소통하며 나눈 이야기들을 모은 것으로, 좋은 기회가 닿아 이렇게 책으로 엮게 되었습니다.

같은 집에 살면서도 아들, 딸과 깊은 이야기를 나눌 기회가 많지 않아 바쁜 시간 중 틈날 때 읽어보라고 보낸 문자들을 모은 것입니다.

편한 마음으로 보낸 글들이다 보니 구어체 반말로 작성되었음을 너그럽게 이해해 주시길 바랍니다.

이 글들이 여러분의 고민을 조금이라도 덜어주고, 힘든 고비를 잘 버텨낼 수 있게 해준다면 더할 나위가 없겠습니다.

요즘은 인구 감소 때문인지 주변에서 젊은이들을 볼 기회가 많이 없습니다. 그래서인지 마주치는 여러분의 모습이 더욱 귀하고 아름답게 느껴집니다.

저도 그랬고, 제 아들과 딸도 그랬듯이 여러분도 경쟁 많고 치열한 사회에서 많은 고민을 안고 살아갈 것 같아 안타깝고 미안한 마음이 듭니다.

소중한 이 시대의 모든 젊은이들이 잘되기를 소망하며, 살아가다 힘들 때 이 짧은 글들이 작은 위안이 되기를 바랍니다.

2025년 5월 봄

이 강 준

.. 차례

PART2

**사회생활이
힘들 때**

일상생활이 힘들 때

우리는
어떻게 살아야 할까?

'앞으로 어떻게 살아야 할까?'에 대해 매일 고민하고 산다면 피곤하고 비생산적인 일일 수 있겠지만, 가끔은 깊이 생각해 보는 것이 꼭 필요하다. 나와 관련된 분야에 대해서만 생각하지 말고, 넓고 다양하게 생각을 넓혀보기 바란다. 내가 재미있고(인생을 지루하지 않게 사는 것도 중요하단다), 보람 있고 의미 있게 살려면 무엇을 하면 좋을까? 이 사회에 기여할 수 있는 방법은 무엇인가? (타인에게 선한 영향력을 미칠 수 있다면 너 자신도 뿌듯해진다) 고민해 보고 사람들과 관계 맺는 법 등 여러 주제에 대해서도 깊이 있게 생각해 보기 바란다. 특히, 최근엔 '개인의 삶'이 중요해지고 있으니 혼자, 그리고 여럿이 잘 지낼 수 있는 방법을 고민해 보았으면 좋겠다.

사람마다 사는 기준이 다르겠지만 내 기준엔 '나의 욕구나 감정을 파악하고 진정으로 하고 싶은 일을 해 나가는 것'이 중요하다고 생각한다. 또 '내가 세운 원칙에 맞추어 사는 것도 중요하고, 동시에 세상의 원칙을 지키는 것'도 필요하다고 생각한다. 한 가지 더 바람이 있다면 '스스로 자신의 고통이나 아픔을 견디어 낼 수 있는 능력'을 키웠으면 좋겠다.

삶의 기준은 '올바른 나'란다.

창의적인 생각은 어디서 갑자기 뚝 떨어지는 게 아니란다. 어린 시절 경험이라든가 생활 속의 경험에서 문득 아이디어가 떠오르는 것 같다. 그러니 무엇보다 많이 경험하고 주의 깊게 관찰하는 태도가 중요하다.

나도 논문을 쓸 때 무엇인가 더 창의적인 내용을 쓰고 싶어지는데 그게 욕심대로 안 될 때가 많았단다. 결국은 기본 지식을 튼튼히 쌓고 다른 사람의 연구논문을 많이 읽고 아이디어가 가지를 쳐야 괜찮은 생각이 떠오르는 것 같다. 모방은 창조의 어머니라는 말도 있지 않니? 남의 창작물을 불법적으로 베끼고 자기 것 인양 행동하는 것은 나쁜 짓이지만, 앞서가는 사람들을 본보기 삼아 열심히 따라 하다가 자기만의 노하우를 만들고 독자적인 세계를 구축하는 건 괜찮다고 생각한다.

이렇게 창의력은 주변 환경, 기본 자질, 후천적인 노력 등이 필요하고, 여기에 더해 현실에 안주하지 않고 어떤 일을 시행할 수 있는 용기와 열린 자세가 요구된다.

위대한 천재로 알려진 레오나르도 다빈치도 엘리트 코스로 자란 귀족이 아니었다. 천재라고 그림 한 장을 쓱쓱 바로 그려낸 것도 아니었다. 문득문득 떠오르는 아이디어를 평소에 꼼꼼히 기록해 놓고, 그림 그리기 전에 긴 숙고의 시간을 보냈다. 호기심을 가지고 주변을 관찰하고 원리를 파악하고 자신이 발견한 내용을 실생활에 잘 적용했기 때문에 성공한 것이다. 마음속에만 고여 있는 창의력은 소용없다. 우리 실생활에 녹여내어 도움이 되어야 비로소 완성될 수 있단다. 너도 실력을 키우고 주변을 잘 관찰하면서 꾸준히 너만의 생각을 키워 나가보기 바란다. 그러면 창의력은 저절로 생길 거란다.

저질러보는
용기

    스스로 능력도 부족하고, 큰일을 잘 해낼 자신이 없다고 느낄 때도 있겠지만, 막상 부딪혀 보면 의외로 별것 아닌 일이 많다. 가끔 내가 하는 말이긴 한데, '저질러보는 용기'가 필요하다. 나 자신도 잘하지 못하는 주제에 이런 말 해서 미안하지만, 그래도 너희들은 나보다 더 나은 삶을 살길 바라는 마음으로 이 글을 남겨본다.

    큰일같이 느껴져 '내 주제에 저걸 어떻게 할 수 있겠어?', '어차피 안 될 거야, 괜히 창피만 당하겠지.' 하는 생각에 다가가 보지도 못하는 경우가 많은데 막상 용기를 갖고 해보면 생각보다 할 만한 일이 많단다. 대단한 사람만이 큰일을 이루는 것은 아니다. 결국 사람이 하는 일이니, 조금씩 경험이 쌓여 어느

새 해낼 수 있게 된단다. 만약에 실패하더라도 경험은 사라지지 않고 네 마음속에 쌓여 결국 큰 도움이 될 것이다. 내가 그 일에 맞지 않는다는 사실을 알게 된 것이니, 그 역시도 결실이란다. 다만, 실패한 데에서 끝나지 말고 내 목표가 제대로 설정된 것인지, 과정에 문제는 없었는지, 그저 한 번에 성공하기만을 바란 건 아닌지 되짚어볼 필요가 있다. 수십 번의 실패와 수년 동안의 노력 끝에 성공이 찾아오는 것이다.

그동안 노력했던 시간은 허튼 시간이 아니란다. 달려들어 해보지 않는다면, 해보지 않은 것에 대해 아마 평생을 후회할 수도 있다.

요즘에 걱정이 많지? '나에게 맞는 길이 어느 길일까?' 고민이 많은 것 같은데, 솔직히 나도 너의 분야에 대해 잘 모르니 어느 길로 가라고 조언을 해줄 수가 없구나. 내가 너의 분야를 잘 안다고 해도 역시 어느 길로 가라고 대신 선택해 줄 수는 없는 노릇이라고 생각한다.

　내가 해줄 수 있는 말은 한 가지뿐이다. 많이 경험해보고 깊이 고민한 뒤, 네가 가장 좋아하고 잘할 수 있는 길을 선택하라는 것이다. 좋아하는 것과 잘하는 것이 다르면 선택하기 더욱 어렵겠지만, 그래도 그 둘을 조율해서 현명하게 선택하기 바란다. 능력이 조금 부족하더라도 좋아하는 길이 있으면 그 길을 가는 게 행복하겠지만, 능력이 많이 부족하다면 잘할 수 있는 길을 선택하는 게 더 나을 수 있다. 먹고사는 문제를 무시할 수 없기 때문이란다.

충분한 고민을 한 뒤 선택을 했다면 뒤돌아보지 말고 나아가기 바란다. 계속 후회하거나 반추하는 시간이 많으면 네게도 낭비일 것 같다. 또 너무 지나치게 고민을 많이 하면 마음에 여유가 없어지고 머리만 복잡해지니 중요한 문제 위주로 단순하게 생각을 정리해 보는 것이 좋겠다.

어느 길을 선택하든 난 너의 선택을 존중할 것이다.

친구를 사귈 때나 애인을 사귈 때 어느 정도까지 경계를 갖고 깊이 있게 사귀는 것이 좋을까? 고민하는 때가 있다. 둘이 서로 좋아해서 사귀는 건데, 처음부터 그정도를 정하고 사귀는 것은 마치 조건을 따지는 것 같아 이상하게 생각될 수 있다.

하지만 너무 얕게 사귀어도, 너무 깊게 사귀어도 어려움이 생기는 것 같다. 드라마나 영화에서 서로를 위해서 목숨을 바칠 정도로 우정과 사랑을 나누는 게 멋져 보일 수 있지만 어쩌면 나중에 후회할 수도 있다. 깊은 사이라도 어느 정도 경계는 있는 것이 좋다고 생각한다. 너와 나의 경계가 없어지면 좋을 수도 있지만, 시간이 흐르면 서로가 피곤해지고 부담스러워질 수 있다. 자기 것을 지키면서도 상대를 위한 사랑과 배려를 해주는 것이 결국 오래가는 관계의 비결이란다. 경계 없이 황금 같은 세월을 상대에게 쏟아부었다가 결국 헤어져 그 시간을 후회하게 된다면, 정말 안타까울 것 같다.

또 첫눈에 반해 밤하늘의 별이라도 따 줄 듯이 달려들다가 식어버리면 귀찮아하는 그런 관계도 바람직하지 않다. 그건 진짜 사랑이 아니란다. 관계가 형성되어 가며 생기는 상대에 대한 믿음, 헌신, 친밀감 등이 바탕이 되어야 사랑이 완성되는 것이다.

처음의 설렘과 자극에 이은 편안한 익숙함 속에 어느 정도의 경계가 필요하다. 자기도 발전시키면서 상대를 배려하고 사랑해 주는 것이 서로를 위해서 좋은 관계라고 생각한다.

갈등 후,
관계를 돌아보는 시간

친구와 평생 잘 지내기는 쉽지 않은 것 같다. 만약 평생 한 번도 안 싸웠다면 관계가 좋을 수도 있는 거지만, 그만큼 깊지 않다는 것일 수도 있다. 어쨌든 잘 지내다가 어떤 일로 싸우게 되었어도 기술 있게 잘 해결하기를 바란다. 원론적으로는 잘못한 쪽이 진심 어린 사과를 통해, 다시 예전처럼 돌아가는 것이 좋겠지. 하지만 자존심 문제가 걸려 있어 사과하기 쉽지 않고, 감정적인 문제가 바로 해결이 안 되니 화해하고 이전처럼 돌아가기도 어렵단다. 그래도 마음을 다스리고 안 좋은 기억은 빨리 잊어버리는 훈련을 해보기를 바란다. 자존심과 감정적인 문제를 잘 처리해야 한다. 보통은 한쪽이 100% 잘못한 경우는 드물기에, 크게 잘못한 쪽에서 사과하면 받아주고 되도록 빨리 원래의 관계로 되돌아가는 것이 좋단다.

상대방의 문제로 다툼과 갈등이 반복되고, 상대가 바뀌지 않는다면 관계 설정에 대해서 고민을 해보길 바란다. 너의 자존심을 존중하지 않고 배려하지 않는 상대라면, 피곤한 관계를 억지로 끌고 갈 필요는 없다고 생각한다. 둘 사이를 약간 떨어뜨려 놓는 것도 방법일 것이다.

보통 어른들이 싸우게 되면 서로 화해하고 다시 잘 지내라고 말하지만 그게 말처럼 쉬운 일이 아니다. 화해할 수 없는 일도 있으며, 또 화해할 수 있는 시간을 놓쳐 되돌릴 수 없는 경우도 있단다. 너도 느끼겠지만 살다 보면 모든 일이 교과서대로만 흘러가는 것은 아니다. 때론 어쩔 수 없이 내버려 두어야 하는 경우도 생기는 것 같다.

편안한
관계

 친구를 사귀면서 이 관계가 영원할까? 언제까지 지속될 수 있을까 생각해 본 적이 있니? 그런 생각을 하면 마음이 불안해지지? 영원하지 않을 관계라면 '이렇게 시간과 감정을 투자할 필요가 있을까?' 하는 이기적인 생각이 들기도 하겠지.

 내 생각에 인간관계는 어느 정도 마음을 비워야 된다. 지금 내가 어떤 사람에게 나의 시간과 감정을 소비하는 것이 무엇을 얻기 위해서가 아니라 그냥 내가 좋아서 하는 일이었으면 좋겠다. 그래야 후회가 없단다. 물론 서로 노력하고 배려하며 죽을 때까지 좋은 관계가 유지된다면 바람직하겠지만, 그렇지 않은 경우도 많다. 만약 관계가 어쩔 수 없이 중간에 끊어지더라도 너무 아파하지 말고, 그 역시 받아들이길 바란다. 그저 그

인연이 거기까지였다고, 그 시절의 관계가 좋은 추억으로 남았다고 생각하기 바란다.

　내 생각에, 슬프지만 영원한 관계는 없다고 생각한다. 관계를 유지하기 위해 어느 정도 서로의 노력이 필요하겠지만 아무리 노력해도 유지되지 않는 관계도 있으니 너무 애쓰지는 말기 바란다. 이어질 관계는 몇 년에 한 번을 보더라도 이어지고 끊어질 관계는 아무리 자주 만나도 끊어질 수 있으니 마음을 비우고 편하게 만나기 바란다. 편한 관계가 오래간단다.

단도직입적으로 말하면, 세상이 불공평하다는 네 말이 맞다. 당장 태어나면서부터 부잣집에서 태어나느냐, 그렇지 못한 집에서 태어나느냐로 갈리지 않니? 또 억울한 일을 당했을 때도 돈과 권력이 있는 사람은 잘 벗어나고, 그렇지 못한 사람은 억울하게 당하는 일이 비일비재하다. 나는 세상에 존재하는 불공정과 불공평을 공정하고 공평하다고 말하지 못하겠다. 그러나, 그렇다고 평생 그것을 탓하고 살 수는 없다. 결과는 바뀌지 않는데 탓하고 비관하는 시간만큼 나는 뒤처지기만 할 뿐이기 때문이다. 탓하고 비관하는 데서 끝난다면, 내 인생이 너무 불쌍해진다.

    당연히 나도 억울하고 불공정하고 불공평한 일을 당한 적이 꽤 있었다. 그럴 때마다 상황에 대한 억울함과 의심은 계속되었다. '왜 나만 이런 일을 겪어야 할까?', '이런 일을 당한 건 이제 이 일을 그만두라는 하늘의 뜻이 아닐까?', '내 길이 아닌데 내가 계속 고집하니 이런 일을 당하는 것이 아닐까?' 별별 생각이 다 들었다. 그래도 가슴 속에 묻어두고 그런 일을 계기로 삼아, 더 조심하면서 살았고, 억울함을 당한 다른 사람들을 더 살피면서 살게 되었다. 불공정하고 불공평한 일을 당했다고 내가 무너지고 자포자기한다면 나의 억울함을 증명할 수 있는 기회가 없어지기 때문이다. 세상이 불공평해도 어쩔 수 없는 부분은 받아들이되, 같은 실수는 반복하지 말고 조심하면서 살기 바란다.

나중에 성공해서 언젠가 세상의 불공정과 불공평을 바로잡을 힘을 가지기를 소망하면서 나는 오늘도 살아간다.

무엇인가 잘못했을 때, 해결하는 방법은 사람마다 다를 것 같다. 어떤 사람은 변명을 먼저 할 것이고, 어떤 사람은 잘못을 숨기기 위해 또 다른 잘못을 저지르는 사람도 있을 것이다. 경험해 보니 잘못했을 때는 솔직하게 인정하고 용서를 구하는 편이 나았던 것 같다. 정직이 최선이다.

거짓은 또 다른 거짓을 낳아서, 호미로 막을 일을 가래로 막게 되는 일이 발생하게 된다. 처음에 조금 혼날 사소한 일이 나중에 걷잡을 수 없게 되어 수습할 수 없게 되는 경우를 보기도 했다. 그렇다고 내 잘못이 없거나 적은데 그냥 모두 인정해 버리고 대충 문제를 해결하고 가려는 것도 문제라고 생각한다. 그런 경우에는 끝까지 진실을 밝히고 싸우는 게 맞을 것이다.

사과한다고 하더라도 어떻게 사과할지도 고민되는 부분이다. 보통 진정성 있게 사과하라고 말을 하지만 상대가 진정성을 느낄 수 있게 사과하는 것이 쉬운 일은 아니다. 나의 자존심 문제도 걸려있고 상대가 사과를 받지 않을 경우에 대한 두려움도 있기 마련이다. 그런데도 조건 없이 깔끔하게 사과하는 것이 중요하며, 설혹 상대가 처음엔 받아들이지 않더라도 상대에게 믿음을 주어 사과를 받아들일 수 있도록 노력하는 것이 중요하다.

회사 혹은 집에서 잘못해서 야단을 맞을 때가 있다. 최대한 야단맞는 일을 저지르지 않으려고 노력하겠지만, 사람인 이상 완벽하진 않기 때문에 어쩔 수 없이 혼나게 되는 경우가 있단 다. 네가 분명히 잘못한 일이라면, 상대가 야단을 치더라도 조용히 듣고 적당한 타이밍에 잘못했다고 인정하는 수밖에 없다. 물론 네가 잘못해서 야단을 맞더라도 화가 나고 자존심이 상하며, '이게 이렇게까지 혼날 일인가?'라는 생각에 너도 억울할 수도 있지. 하지만 네 잘못이 맞다면, 상대의 기분이 어느 정도 풀릴 때까지는 충분히 야단 맞는 수밖에 없다. 그리고 표정 관리와 태도도 중요하다. 네가 못마땅한 표정으로 야단을 맞는 다면 상대도 화난 감정이 풀리지 않는다. 야단을 맞을 때는 진심으로 잘못했다고 하는 것이 사회생활의 한 가지 팁이다. 상대방이 야단치고 있는데 눈도 안 마주치고 말 한마디 없이 반응하지 않는다면 아마 상대방은 더 화를 낼 수도 있다. 나도 자라면서 야단을 맞아 본 적이 별로 없어서, 사회생활 중에 야단을 맞았을 때 너무 힘들고 괴로웠던 기억이 있다. 그 상황에서는 어쩔 줄 몰라 얼굴이 벌게지고 가슴이 답답해져, 그저 어디론가 도망가고 싶은 생각뿐이었다. 하지만 시간이 지나 돌아보니, 꾸중과 야단이 나의 성장에 도움 되는 부분도 있었던 것 같다.

만약, 상대가 지나치게 화를 과하게 낸다면 감정이 어느 정도 누그러진 다음에 너의 생각을 다시 말할 수는 있다고 본다. 감정이 고조된 상황에선 말해도 소용없고 오히려 긁어 부스럼을 만드는 경우가 더 많다. 인간은 감정의 동물이라는 점을 명심하기 바란다.

살다 보면 하루하루가 지겨울 수 있다. 갑자기 사는 것이 지치고 지겹고 힘들어질 때가 있기도 하다. 일이 힘들어서 그럴 수도 있고, 사람들과의 관계에 치어서 그럴 수 있고, 나 자신의 문제 때문에 그럴 수도 있다. 그럴 때는 그냥 푹 쉬어라. 아무 생각 말고 멍하니 그냥 며칠 푹 쉬어라. 나도 만사 귀찮고 우울하고 모든 것에 지칠 때는 그냥 생각 없이 푹 쉬었단다. 운전하면서 음악을 크게 들어놓아도 좋고, 펑펑 울어도 괜찮다. 지친 일상에서 벗어나 혼자만의 시간과 공간에서 잠시 지내보는 것도 좋겠다. 또 작은 일탈이나 변화가 나를 새롭게 만들어, 지겨움과 지침에서 벗어날 수 있게 도와줄 수 있다. 여행도 해보고 맛있는 곳도 찾아가고 평소 안 가보던 곳을 들러보는 것도 좋다.

　그렇게 충분히 몸과 마음을 쉬게 한 뒤 다시 추스르고 일상으로 복귀하는 것도 중요하다. 회복 기간이 생각보다 너무 길어진다면 무엇인가 대책을 세워야 할 것 같다. 단순히 피곤해서 그런 것이 아닐 수 있기 때문이다. 원인을 잘 파악해 보고 삶의 방향을 다시 세워야 할 수도 있고, 어쩌면 상담과 치료가 필요할 수도 있겠다.

때때로 마음이 싱숭생숭하고 복잡한 생각이 이어진다면, 일단 고민되는 일들을 실컷 생각해보길 바란다. 몇 날 며칠이건 계속 생각하다 보면 나중엔 입에서 신물이 날 정도로 지쳐 마음이 정리되기도 한다. 물론 그럼에도 정리가 안 될 때가 있단다. 언젠가 네가 '아무리 생각하고 고민해 봐도 마음의 정리가 되지 않아 머리가 아프고 가슴이 답답하고 온몸의 기운이 다 빠져 괴롭다'라고 말한 것이 기억난다.

그런 경우엔 한번 글로 써보면서 정리를 해보기 바란다. 신기하게도 글 몇 줄로 마음이 정리되는 때가 많다. 복잡한 일들이 생각보다 단순하다는 뜻이기도 하다.

어렵고 복잡하고 고민되는 일일수록 단순하게 정리되고, 앞에 닥친 일부터 순서대로 처리하다 보면 어느새 끝이 보이게 된다. 자꾸 같은 내용이 반복해서 생각나면 정리해 놓은 글을 보면서 복잡한 고민거리를 단순화시키고, 일단 생각을 중단하고 나중으로 미루는 것도 좋은 방법이다. '이것 봐, 이미 충분히 고민했잖아. 더 이상 고민해도 바뀔 건 없어. 시간이 좀 지난 뒤에 다시 생각해 보자.' 아무리 생각해도 정리가 안 되는 건, 지금 당장 결론 낼 수 없는 일들을 고민하기 때문일 수도 있다. 그런 일들은 시간이 지나면 저절로 정리되기도 한다.

살다 보면 이유 없이 혹은 스트레스로 인해 누구든지 우울
해질 수 있다. 평생 행복하기만 할 수는 없다. 우울함이 심해져
결근하거나 집안일조차 할 수 없을 정도면 병원에 가는 게 맞
지만, 심하지 않고 짧게 지나가는 경우라면 스스로 자가 치료
를 해보기 바란다.

　　우울증은 정신분석학적으로 자기 자신에게 향한 공격성과
분노 때문에 발생한다고 해석한다. 바라건대, 스스로를 학대
하거나 괴롭히지 않기를 바란다. 또 별다른 이유 없이 뇌 안의
신경전달물질인 도파민, 노르에피네프린, 세로토닌 등이 결핍
되어서 우울증이 나타날 수 있으니 우울증을 모두 네 탓으로
만 여기지 않았으면 좋겠다.

우울증을 극복하기 위해서 밖에 나가 산책을 하고 사람들을 만나며 기분을 전환하는 것도 좋다. 하지만 그런 방법이 잘 통하지 않는다면, 속 마음을 털어놓거나, 네가 좋아하는 일을 한번 해보길 바란다. 우울이 기분의 문제이니 저조한 기분을 업 시키는 것도 좋지만 생각의 전환도 필요하다. 우울하게 되면 세상 모든 일들이 부정적으로 여겨진다. 난 이미 실패한 것 같고, 실패할 것 같고 아무 의욕도 희망도 에너지도 없어진다. 그렇지만 한 면만 바라보지 말고 다른 면으로 바라보고, 달리 생각해 보는 훈련을 해보기 바란다. 잘 찾아보면 암흑 속에서도 빛을 발견할 수 있을 것이다.

　만약 그래도 안 된다면 그저 시간이 흐르기를 기다리는 것도 방법이다. 신기하게도 세월은 우울증을 사라지게 해준다.

몸이 너무 아프면 병원에 가듯이, 마음이 너무 아파도 병원에 가는 것이 좋은 방법이라고 생각한다. 마음이 덜 아프게 해 주는 약을 먹고 치료가 될 수도 있단다. 견딜만한 아픔이라면, 믿을 수 있는 사람에게 마음을 터놓으며 치료가 될 수도 있다. 무엇보다 아픈 생각을 너무 반복해서 하지 않았으면 좋겠다. 몸과 마음이 지쳐가는 걸 보는 사람도 함께 아파진단다. 너무 아플 때는 잠시 생각을 멈추고 쉬는 것도 좋은 방법이다. 일단 하던 일을 하며, 아픈 생각을 밖으로 밀어내기 바란다. 그리고 먼 훗날, 다시 생각해 보길 바란다.

내 생각에 마음의 고통을 가장 잘 치료해 주는 것은 '시간'이다. 너무 아픈 고통도 시간이 지나면 무뎌진다. 감정도 기억도 세월이 흐르면 처음 같지는 않아진다. 물론 마음속 상처는 딱지처럼 남아있겠지만, 고통은 점차 덜해질 수 있다. 시간이 흐르면, 아팠던 감정과 사실도 종이 위 글자처럼 담담히 읽을 수 있더구나. 그러니 시간을 믿고 견뎌보길 바란다.

살다 보면 상대에게 상처받는 말을 듣게 되는 경우가 종종 있다. 아픈 말을 들으면, 그 말이 맞건 틀리건 화가 치미는 건 당연하다. '너는 얼마나 잘나서?'하는 반감이 들고 화가 나겠지만 되도록 '저 사람은 저렇게 생각하는 사람이구나'하고 선을 그어 보길 바란다. 쉽진 않겠지만 화가 날 때 생각과 감정을 분리하는 연습을 하면 도움이 된단다.

그리고 나중에라도 서로 감정을 풀 수 있는 상대라면 다행이지만, 속으로 삭혀야만 하는 사람이라면 혼자 며칠 동안이라도 실컷 욕을 하는 것도 괜찮다. 그런 경우 소심한 복수였지만 나도 밤에 잘 때 실컷 감정을 분출하고 나니 마음이 한결 편안해진 적이 있었다.

얼토당토않은 일로 상처 주는 말을 하는 사람은 신경 쓸 필요도, 상대할 필요도 없다. 네게 특별히 불이익을 주지 않는다면 한 귀로 듣고 한 귀로 흘려버리면 된다. 그런데 아픈 말이지만 맞는 지적이라면 두려움을 무릅쓰고 한 번쯤 그 내용을 되새겨 보길 바란다.

이왕이면 어린 네게 아프지 않게 얘기를 해주었으면 좋겠지만 모진 사람도 있으니 어쩔 수 없다. 그래도 잘되라고 모진 소리를 하는 사람은 아주 나쁜 사람은 아니니 네 생각을 복기하는 시간을 가지는 것이 좋겠다. 그러한 경험을 거울삼아, 너는 다른 사람에게 좋은 말로 전하는 방법을 익히면 더욱 좋겠다.

내가 좋은 소리로 얘기했는데도 듣지 않는다면, 그건 그 사람의 그릇이 그 정도밖에 안 되는 것일 뿐이니 할 수 없다고 생각하렴.

막다른 절벽
앞에 선다면

네가 이러한 상황을 겪을까봐 가장 걱정이 된다. 너희들이 살다가 괴로운 일을 겪어 인생의 막다른 골목에 다다랐다고 느낄 때가 있다면, 잘 견디고 버텨내길 바란다. 물론 그런 안 좋은 일이 발생하지 않겠지만, 만약 생긴다 해도 나는 네가 잘 극복할 수 있다고 믿는다.

살면서 인생의 끝이라는 비관적인 생각이 들 때면, 먼저 감정을 추스르길 바란다. 감정에 휩쓸리지 말고 차분히 마음을 정리한 뒤, 상황을 객관적으로 살피고 해결 방법을 찾아보자. 감정의 소용돌이에서 탈피해서 복잡한 상황 속에서도 단순하게 생각하면 길이 보인다.

자살하고 싶은 심리적인 원인 중 하나는 무의식적으로 잠재

된 분노가 자신에게 향하는 것이라고 알려져 있다. 저절로 떠오르는 부정적인 생각도 자살 사고를 유발할 수 있으니 조심해야 한다. 또한, '베르테르 효과'로 인해 자살 시도가 증가하는 경우도 있다.

지금도 많은 사람들이 인생의 막다른 골목이라고 느끼며 내 진료실 문을 두드린다. 그분들 모두 지금은 고비를 넘기고 잘 살고 있다. 당시엔 모든 게 끝이라고 생각했지만, 지나고 보니 끝이 아니었다. 세상이 잔인하게 느껴졌지만, 신기하게도 버텨내니 고비가 넘겨졌다. 시간이 흐르면 새로운 대안을 찾을 수 있고, 문제 해결 방법이 보이며, 현실을 받아들일 수 있는 힘이 생긴다.

비관적인 생각이 들더라도 부디 평온하게 마음을 안정시키고, 순간의 감정에 치우쳐서 잘못된 선택을 하지 않기 바란다.

나이 들기 전까지 잠을 못 잔다는 게 어떤건지 잘 몰랐다. 행복한 젊은 시절을 보낸 거지. 그런데 이 나이 되어서야 잠을 잘 자지 못하니 그 괴로움이 얼마나 큰지 알겠더구나. 잠이 오지 않는 밤이면, 잠들지 못 할 거라는 불안감, 답답함에 어쩔 줄 몰라 안절부절 못하게 되고 다음 날 일을 제대로 하지 못할 거라는 두려움 등이 나를 괴롭혔다. 그런데 새벽 2시가 넘어가니 아예 마음이 비워지더구나.

　'잠을 못 자도 어쩔 수 없다, 눈 감고 있는 것도 잠이다. 오늘 밤 못 자도 내일 하루는 견딜 수 있다' 같은 생각을 하다 보니 어느 순간 잠들 수 있었다. 푹 잘 때는 몰랐던 잠 못 자는 괴로움을 느껴보니, 평소에 관리를 잘해야겠다는 것을 깨달았다. 겪어보니 알게 되더구나. 수면뿐만 아니라 다른 모든 문제도 마찬가지 같다. 건강하고 괜찮을 때 미리 관리하고 예방하는 것이 최선이다.

　　다 아는 내용이지만 한 번 더 수면 위생에 대해 알려준다. 같은 시간에 잠자리에 들고 정해진 시간에 일어나고, 낮에는 잠자지 말고 규칙적으로 운동을 하기 바란다. 커피, 홍차, 콜라, 박카스와 술, 담배는 당연히 좋지 않으니 자제해야 한다. 침대에서는 수면 이외의 다른 일을 하지 말아라. 그리고 너무 잠이 오지 않으면 시계만 보지 말고 잠시 밖에 나와 있다가 졸리면 다시 가서 눕길 바란다.

아무 생각 없이 마음이 편안하면 참 좋겠지만 그런 경우는 생각보다 많지 않다. 머릿속에서는 늘 이런저런 생각이 끊임없이 떠오르고, 대부분은 걱정과 근심, 불안함으로 가득 찬다.

불안이 모두 나쁜 것은 아니다. 예상되는 상황을 미리 대비해서 극복할 수 있게 해주는 장점도 있다. 적절한 불안은 어떤 일을 하는 데 도움이 되고, 본능적인 생존에도 기여한다.

네 또래는 학업, 진로, 취업 등의 문제로 불안이 심해질 수 있다. 대인관계가 예민해지고 경제적인 고민도 많아진다. 사람마다 불안을 견디는 힘이 다르기에 무조건 참고 견디라고 말하기는 어렵다. 요즘엔 사회생활 적응이 힘들다고 찾아오는 젊은이들이 꽤 많단다. 대인관계에 신경을 쓰다 보니 가슴이 두근거리고, 손발이 떨리며, 배가 아프고, 심하면 정신이 아득해진다고 말한다.

불안을 이기기 위해서는 무엇보다 마음을 다스리는 것이 가장 중요하다. 휴식, 심호흡, 이완훈련 같은 방법도 효과적일 수 있다. 나 역시 불안 수준이 높은 편이라, 안 좋은 일이 일어날 때를 대비하여 최악의 경우까지 상상해 보며 마음의 준비를 해 두곤 한다. 하지만 대부분의 경우, 불안은 상상만으로 끝나 버리고 말지, 최악의 상황은 거의 일어나지 않았다. 그러니 너도 너무 불안해하지 말고 살길 바란다.

불안을 극복하는 한 가지 방법은 작은 일부터 부딪혀 보는 것이다. 두려움이 유발되는 상황에 도전해보는 것이다. 예를 들어, 상대에게 먼저 말을 걸고 점심 같이 먹기, 질문하기, 떨리더라도 발표해보기 등의 작은 시도부터 해보길 바란다. 그러다 보면 문제점을 알고 이를 고칠 수 있게 된단다.

불안은 누구나 가지고 있는 당연한 감정이다. 자신의 불안을 인식하고, 마음속으로 인정하고 받아들이면 조금 더 편안해질 수 있다.

반복되는
강박

떠올리기도 싫은 생각이 반복되면 사람은 지치기 마련이다. 나 역시 그런 적이 많았단다. 아무리 생각을 하지 않으려고 해도 강박적으로 같은 생각이 떠올라 어쩔 수 없이 반복해서 생각하게 되는데, 가장 괴로운 점은 아무리 생각해도 몸만 피곤할 뿐 답이 나오지 않는다는 것이다. 그런 상황이 계속되니 얼마나 피곤하겠니? 이런 강박사고나 강박 행동은 단순한 심리적인 문제뿐 아니라 세로토닌 등의 신경전달물질 이상으로 인해 발생하기도 한다.

내 경험을 말하자면, 며칠간 강박적으로 생각에 매달리다 보니 나중에는 입에서 단내가 날 정도로 지쳤단다. 물론 나름의 수확은 있었지. 생각이 정리되기 시작하더구나. 하지만 그

것도 잠시였어. 다른 생각이 꼬리에 꼬리를 물며 또다시 같은 생각이 반복됐지. 그래서 나는 같은 고민이 반복될 때 차분히 생각을 정리하고, 생각을 바꾸는 훈련을 시작했단다.

예를 들어, 자꾸 확인하는 버릇이 있다면 '그렇게까지 확인하지 않아도, 걱정하는 최악의 일은 발생하지 않는다'는 사실을 인지하고 반복적인 생각을 끊는 것이다. 처음엔 쉽지 않겠지만, 연습을 하다보면 어느새 생각을 정리하고 바꾸는 것이 생각보다 잘 될 것이다.

강박적인 생각을 얘기하는 건 아니란다. 실제로 어떤 상황이나 사건을 떨쳐버릴 수 없을 상황이나 사건에는 그와 더불어 사는 수밖에 없다고 생각한단다. 예를 들어, 만성 질환을 앓는 사람이 있다면 '왜 하필 내게 이런 병이 생겼을까? 이렇게 평생 사느니 죽는 게 낫겠다.' '난 왜 이렇게 재수가 없을까?'하는 생각으로 평생을 산다면 얼마나 불행감이 크겠니?

　어차피 살아야 하는 인생인데 생각을 바꿔 되도록 행복하게 살 수 있는 방법을 찾아보아야 한다. '평생 이 병을 갖고 살아야 하니 더불어 살아가는 방법을 생각해 보자. 이 병을 받아들이고 잘 관리하면서 살아보자. 이만하길 다행이다. 익숙해지면 지금보다는 나아질 거야. 남들보다 힘든 경험을 하는 대신 남들이 못 느껴보는 감정도 느낄 수 있고 아픈 사람들의 고통을 내가 더 잘 이해해 줄 수도 있잖아?' 어렵겠지만 이렇게 한 번 생각을 달리해보는 것도 도움이 될 수 있단다.

떨쳐버릴 수 없는 힘든 상황이 닥쳤다면, 먼저 그 상황을 파악하고 감정을 받아들이고 문제 해결을 위한 방안을 천천히 모색해 보자. 의외로 우리의 머리는 떨쳐버릴 방법은 이미 알고 있을지도 모른다. 다만, 인정하고 받아들이기가 어려워 주저하고 있는 것뿐이다.

욕심을 버리려면 '마음을 비우면 된다'라고 하지만, 그렇게 마음이 쉽게 비워지진 않는다. 내가 사용하는 현실적인 두 가지 방법이 있는데, 첫 번째는 네 할아버지처럼 '내 것이 최고'라고 생각하는 것이다. 할아버지는 늘 자신이 살고 있는 집, 주변의 공원, 본인의 직업이 가장 좋다고 말씀하셨단다. 언제나 남들과 비교하지 않으며, 남의 것에 대한 욕심이 없으셨다. 그렇게 남들과 비교하지 않는 삶은 욕심을 줄이는 데 큰 도움이 된다.

또 한 가지는 다 내 것이라고 생각하는 거다. 좀 유치하지? 내가 갖고 싶은 명품이 있으면 백화점이 다 내 것이라고 생각하고 실컷 보자. 또 럭셔리한 거실을 갖고 싶으면 호텔 로비에서 커피 한 잔 마시면서 거기가 내 거실이라고 생각해보자. 마찬가지로 경치 좋은 풍경을 보고 있을 때도 지금 누리고 있는 자연이 내 것이고 언제든지 와서 볼 수 있다고 생각하는 거지.

진료를 하다 보니 느끼는 게 많다. 사람의 욕심은 끝이 없지만, 큰일을 겪게 되거나 세월이 지나 죽을 때가 되면 그깟 욕심 아무것도 아니라는 것. 욕심도 한때인 것 같다.

지금 가진 것들을 사랑하고 내가 가진 것들에 만족하며, 욕심을 놓아두고 그대로 바라보면서 살 수 있는 마음을 가져보길 바란다.

중요한 건,
내 눈에 비친 나

젊을 때는 신체에 민감한 시기이다. 특히 여성은 더욱 예민한 것 같다. 물론 날씬하고 보기 좋은 몸매를 가지는 것이 좋겠지만, 지나치게 체중에 신경쓰며 스트레스를 받는 것은 결코 바람직하지 않다. 우리나라 문화나 미디어 탓도 있다고 본다. 우리나라에서는 많은 사람들이 정상 체중임에도 스스로를 뚱뚱하다고 생각한다. 이는 외모지상주의에 물들어서 그렇단다. 외모가 무기가 된다고 생각하는 것이지.

의학적으로는 정상 체중인데도 남들의 시선 때문에 지나치게 살을 빼려고 하는 것은 경계해야 한다. 남들의 눈에 비치는 이미지가 중요한 게 아니다. 객관적인 시각과 내 자존감이 중요한 것이지. 이는 단순히 신체 문제에만 해당되지 않고, 마음에도 적용된다. 네가 건강을 생각해서 적절한 다이어트를 하는 건 좋지만, 타인의 시선을 의식하고 그것에만 집착해 건강을 해치는 다이어트를 하는 것은 반드시 조심해야 한다. 중요한 건 바로 내 눈에 비친 '나'란다. 자신감이 부족하고 불안한 사람일수록 외적인 것에만 집착하기 쉽단다.

참고로 BMI 계산 방법을 덧붙인다. BMI 상 정상인데도 불구하고 살쪘다고 생각하고 스트레스 받는 것은 비정상인 사고란다. BMI를 이용한 비만도 계산은 몸무게를 키의 제곱으로 나누는 것으로 공식은 kg/m^2이다. BMI가 18.5 이하면 저체중, 18.5-22.9 사이면 정상, 23.0-24.9 사이면 과체중, 25.0 이상부터는 비만으로 분류된다.

비울 때
비로소 채워지는 시간

때때로 멍때리는 것은 나쁘지 않다고 생각한다. 멍때리는 대회도 있지 않니? 내 경험으로도, 책상 앞에 앉아서 빨리 무엇인가 해야 한다고 생각하면 오히려 마음이 조급해지고 조바심이 나서 일이 더 안 되는 경우가 많았다. 대신 뒹굴거리며 이 생각 저 생각하다 보면 좋은 아이디어도 떠오르거나 복잡했던 생각이 정리되기도 했단다.

의학적으로도 잠깐의 휴식은 기억력과 창의력을 증진시키고, 뇌혈류도 원활하게 해준다고 알려져있다. 잠시 멍하니 창너머 자연을 바라보는 것은 눈 건강에도 도움이 된다. 아버지께서도 늘 '한 시간 공부하면 십 분은 먼 창밖을 바라보며 피로를 풀라'고 하셨던 기억이 난다.

아무 생각 없이 머리를 비우고 멍때리는 시간은 사람을 편안하게 만들어 주며, 결과적으로 더 능률적으로 만들어 준단다. 너도 하루 종일 쫓기듯 살지 말고 가끔은 멍때리면서 생각을 비우는 시간을 가져보길 바란다. 가끔은 너를 비워야 다시 채울 수 있다.

나만의
스트레스 해소법

가끔 네가 저녁에 혼자 노래방에 가서 좋아하는 노래를 부르며 스트레스를 풀고 오는 걸 봤다. 처음엔 혼자 무슨 재미로 가나 싶었지만, 지금은 이해가 되더구나. 그렇게 혼자만의 스트레스 해소법을 가지고 있는 네가 부럽다는 생각도 들었다. 매일매일이 지루하게 느껴지거나 어쩌다 답답한 일이 생겼을 때 혼자 스트레스를 풀기 위해 노래방에서 실컷 노래하고 오는 것도 좋은 방법이라고 생각한다. 노래만 할 게 아니라 혼자 방에서 운동하고 춤추는 것도 역시 훌륭한 스트레스 해소 방법이라고 생각한다. 가만히 생각해보니 나도 스트레스 받을 때는 혼자 노래 듣고 혼자 걷는 나만의 해소 방법이 있었던 것 같다. 남에게 해가 되지 않는 범위에서 내 나름대로 스트레스를 푸는 것은 타인의 눈치 볼 필요 없는 건강하고 좋은 방법인 것 같다.

　스트레스를 받고 힘들어할 때 곁에서 하는 위로가 어느 정도 도움은 되겠지만, 결국은 자신의 마음을 조절하는 것은 자신이라고 생각한다. 지금처럼 너만의 건전한 스트레스 해소 방법을 또 개발해 보기 바란다.

내가 때때로 너희들과 남들 보기 유치한 장난을 한 적이 있었지? 너무 어린애처럼 놀고 반응하니까 내게 창피하다고까지 말한 적이 있었지? 물론 서로가 장난인 줄 아니까 깔깔거리고 말지만, 그런 유치함도 가끔은 필요한 것 같다. 내가 이 나이에 또 누구와 그런 장난을 하겠으며, 너희들도 그런 장난을 나 이외에 누구랑 하겠니? 그런 건강한 퇴행이 너희들과 나의 답답함과 짜증을 날려주는 비타민 역할을 하는 것 같다.

 잠깐이지만 너희들과 순수한 어린 시절로 돌아가서 소리치고 돌아다니며 웃을 때마다 몸 안의 긴장이 완화되고 스트레스가 해소되고 엔도르핀이 나오는 기분이 든다. 그런 행복한 순간이 힘들 때의 나를 지탱해 주고, 우울할 때 혼자 웃음 나게 만들어주는 행복한 치료제가 된다. 미숙함이 아닌 건강한 퇴행으로서의 유치한 장난은 스트레스에 대한 조절 방법이라고 생각한다.

모든 어른들의 마음속에는 맑고 순수한 어린아이가 있다고 한다. 너희들도 힘들고 답답할 때는 나와 함께 유치하게 놀던 기억을 되새기면서 즐거운 기분을 되찾기 바란다.

살다 보면 극심한 스트레스로 인한 피로감과 집중력 저하로 아무것도 하고 싶지 않은 무기력증이 찾아올 수 있다. 스트레스로 인해 잠을 못 자고 잘 먹지도 못하고 운동을 못 하는 것이 무기력증의 원인이 될 수 있다. 이렇게 되면 모든 일을 하기 싫어지고 모든 것에 무관심해지고 사람 만나기도 꺼려진다.

갑상선 기능 저하나 빈혈 등의 신체질환이 아니라면 무기력증은 정신적인 원인인 경우가 많기 때문에 생활 습관을 개선해야 한다. 기본적으로 수면, 식사, 운동이 중요하고 명상 등도 도움이 될 수 있다. 무엇보다 일단 목표를 정하고 작은 것부터 실천해 보는 것이 좋겠다. 작은 성취감이라도 느껴보아야 그다음 단계로 넘어갈 수 있기 때문이다. 그리고 부정적인 주변의 비판을 차단하고 타인과 비교하지 말고 너의 감정을 스스로 잘 통제하기 바란다. 불안과 좌절이라는 너만의 굴 속으로 들어가서는 안 된다. "괜찮아, 살다 보면 이럴 수도 있지." 하면서 어떻게든 스스로 위로하고 격려하는 것도 좋은 방법이다.

살다가 가끔 찾아오는 무기력증을 너만의 노하우로 되도록 짧은 기간에 잘 극복하길 바란다.

사회생활이 힘들 때

사회생활을 하다 보면 때로는 상대방과 의견이 다를 때가 있다. 서로 다른 주장을 하다 보면 다투기도 하고 사이가 틀어지기도 한다. 일 때문에 생긴 상황이니 공과 사를 구별하고 서로 감정을 추스르고 관계를 복원하면 되는 일이지만 그게 말처럼 쉽지는 않다.

상대와 의견이 다르더라도 일단은 끝까지 잘 들어주는 것이 기본이다. 그리고 생각이 같은 부분은 공감해 주지만, 다른 부분에 대해서는 이유를 들면서 부드럽지만 명확하게 이야기를 해주는 것이 좋다. 억지로 상대의 생각과 의견에 맞춰주면 나중에 내 책임으로 돌아올 수도 있기 때문이다. 공감하는 방법에 대해 정신과 면담을 예로 들어 설명해 보면, 치료받는 것에

동의하지 않는 환청 환자와 면담할 경우, 처음부터 환청이 잘 못된 증상이라고 말하지 않는다. 우선은 환청으로 인해 정신적으로 힘든 점을 공감해 주고, 그다음에 그로 인한 문제점들을 이야기 나누면서 치료방법에 대한 접점을 찾는다. 생각이 다른 상대를 내 뜻대로 움직이기 위해서 상대의 잘못된 부분까지 맞장구를 쳐주게 되면, 나중에 그 부분에 대한 원망과 항의를 들을 수 있기 때문에 조심해야 한다.

거절하는 방법도 세련되게 하면 좋을 것 같다. 상대의 이야기를 다 듣고 나서, 좋은 이야기이지만 동의하기 어려운 부분이 많아 상대방의 의견대로 하기는 곤란하겠다고 거절하는 것이 좋다. 아무리 좋게 거절한다고 해도 거절당하는 입장에서 기분이 좋을 수는 없겠지만, 나중에 일이 더 커진 뒤 거절하는 것보다는 초반에 거절하는 게 경험상 더 나은 것 같다. 나는 젊을 때 거절을 잘못해서 하기 싫은 일을 몇 년을 계속 끌려다니면서 한 적이 있었는데 일을 하면서도 '이게 아닌데' 늘 후회스러웠다. 너는 그러지 않았으면 좋겠다.

갑자기
당황하지 않으려면

어떤 일을 할 때 미리 충분히 준비하고 연습하면 떨거나 당황하는 일이 없다. 그러나 이론과 실제는 다르다. 아무리 준비해도 돌발 상황은 발생하기 마련이다. 더구나 중요한 순간에 예상치 못한 일이 발생하면 당황해서 일을 그르치게 된다.

다들 나름의 노하우가 있겠지만, 나 같은 경우는 다양한 상황을 미리 예상해서 대처방법을 머릿속에 그려놓는다. 예를 들어, 발표하는 경우, 갑자기 발표 자료를 사용하지 못하게 되었을 때, 혹은 청중이 거의 오지 않았을 때, 발표시간을 갑자기 줄이거나 늘려야 할 때 등을 예상하고 만약 그런 상황이 오더라도 당황하지 않고 여유 있게 대처하려고 노력한다.

만약 당황하게 되더라도 너무 최악의 경우까지 극단적으로 생각하지 말았으면 좋겠다. 불안증이 심한 사람의 경우 예상하지 못한 일이 닥쳤을 때 특히 당황하기 쉬운데 그럴수록 마음을 편안하게 가져야 한다. 물론 쉽진 않다. 얼굴이 화끈거리고, 가슴이 두근거리고, 머리가 하얗게 되어서 아무 생각이 안나고 그저 이 순간에서 탈출하고 싶은 마음뿐일 것이다. 그러나 최악의 경우가 닥친다고 하더라도 네가 생각하는 것만큼 그렇게 나쁘진 않을 것이다. 시간이 지나면 어떻게든 마무리가되고 또 사람들도 자기 일이 아니기 때문에 점점 잊게될 것이다. 내 마음속에만 크게 남아있을 뿐이지 타인의 마음속에는 별거 아닌, 수많은 일들 중 하나일 뿐이다. 세상일이 얼마나 복잡하고 바쁜데 그 일을 두고두고 기억하겠니?

다른 걸 떠나서, 충분히 연습하고 다양한 상황을 미리 생각해 보고 마음속으로 리허설을 해본다면 무슨 일이든지 떨지않고 잘 해낼 수 있을 것이다.

실수에서 배우기,
창피함을 기회로

    사회생활을 하다 보면 가끔 실수하거나 창피를 당할 때가 있단다. 그럴 때마다 너무 그 일을 되새기며 수치스러워할 필요는 없다. 왜냐하면, 주변 사람들은 네가 생각하는 것만큼 그 일을 오래 기억하거나 마음에 담아두지 않기 때문이다. 앞에서도 말했지만, 타인은 생각보다 네게 큰 관심이 없다.

    그러나 실수를 통해 한 단계 성장하는 계기를 만들기 바란다. 같은 실수를 반복하지 않도록 노력해야 한다. 반복된 실수나 연이은 실망을 주는 것은 상대방의 신뢰를 무너뜨리고, 앞으로 네게 주어질 기회를 잃게 할 수 있기 때문이다. 가장 안 좋은 것은 실수나 창피를 겪고 나서도 무엇이 잘못되었는지 모르는 것이다. 잘못을 모르면 고칠 수 없고, 잘못을 받아들이지

않으면 발전도 없다. 당시에는 얼굴이 화끈거리고 창피했을지
라도, 그 일을 계기로 네가 노력하고 더 발전할 수 있다면 그것
은 오히려 감사하고 축하할 일이다. 하루에 한 가지씩이라도
배우고 제대로 익힌다면, 그 분야에서 성공할 수 있다.

가끔 네가 "난 능력이 없나 봐." 하면서 우울한 표정을 지으면 가슴이 덜컥 내려앉곤 한다. 막연하게 능력이 없다고 생각하는 건 잘못된 자기인식이다. 객관적으로 네가 능력이 있는지 없는지 정확히 알고자 한다면, 네가 하고자 하는 일을 몇 번쯤은 최선을 다해보고 나서 파악하는 것이 맞다고 생각한다. 최선을 다했는데도 안 된다면 능력이 좀 부족하다고 생각할 수 있겠지. 그렇다고 하더라도 그게 끝은 아니란다. 네가 잘할 수 있는 또 다른 분야의 일을 찾아서 익히고 경험을 쌓으면 결국 원하는 바를 성취할 수 있다. 능력이 뛰어나지 않아도 누구나 반복 학습을 통해 일정 수준까지는 도달할 수 있다. 모두가 천재일 수는 없고 또 그럴 필요도 없다. 내 경험상 한 가지 일을 꾸준하게 하는 사람을 이길 수는 없다.

면담하는 사람들 중에서도 자신은 능력이 없고 잘할 자신도 없다며 몇 년 동안 준비만 하고, 두려움에 제대로 노력도 하지 않고 있는 사람들이 있다. 어느 정도 준비를 했으면 비록 원하는 결과를 얻지 못한다고 하더라도 도전하려는 자세가 필요한데, 잘못될까 봐 겁이 나서 아무것도 못 하고 무기력하게 지내기만 하는 것이지. 작은 일이라도 좋으니 무슨 일이든지 해보라고 격려해도 "저는 못 할 거예요."라는 말만 반복하고 이런 저런 핑계로 미루기만 하고 있는 것이 안타까울 뿐이다.

네가 능력이 없다고 판단 내리기 전에 일단 자신이 목표로 하는 일에 최선을 다해보고, 만약 안 되면 그다음에 네게 맞는 또 다른 길을 찾아보기 바란다.

뒷담화의
두 얼굴

　사회생활을 하다 보면 뒷담화를 듣게 되거나 하게 되는 경우가 많다. 내가 싫어하는 사람의 뒷담화를 같이 하게 되면 내속이 후련한 느낌이 드는 것도 사실이다. 그렇지만, 네가 언젠가 말했듯이 그 화살은 다시 내게 돌아오기 마련이다. "사람들이 당사자 없는 곳에서 저렇게 흠을 보는 걸 보니, 내가 없는데서도 나 몰래 내 욕을 할 거 같다."라는 너의 말이 맞다. 그러니, 되도록 뒷담화를 안 하는 게 좋겠고, 피치 못하게 뒷담화를 하고 있는 상황에 끼이더라도 적어도 네가 앞장서서 하진 말고 듣는 정도까지만 했으면 좋겠다. 확인되지 않은 사실에 괜히 맞장구를 쳐줄 필요도 없고 다른 사람에게 옮기지도 말아야겠지. 당사자의 이야기를 들어보지도 않고 불확실한 소문에 좌우되지 않길 바란다.

　뒷담화는 스트레스 해소용이라고 말하기도 하지만 결국은 자신을 깎아 먹는 행동이다. 어떤 사람에 대한 비난을 같이 공유하면 일시적으로 그 사람보다는 자기가 낫다는 위안, 그 사람을 싫어하는 자기편이 많아졌다는 안정감과 우월감을 느끼게 되지만 다 소용없는 허상일 뿐이다. 내가 한 비난은 내게로 다시 돌아온다.

　한 가지 덧붙이자면, 사회생활에서 되도록 쓸데없는 말은 많이 하지 않을수록 좋은 것 같다. 말이 많아지면 실수가 잦아진다.

반복되는 일상을
견디는 법

언젠가 직장 다니는 게 무료하고 지루하다고 말한 적이 있었지? 매일 집과 직장만 오가다보니 그런 생각이 들 수도 있을 것 같다. 하지만 큰일을 한번 겪게 나면 그런 단순하고 반복적인 생활이 얼마나 큰 행복인지 깨닫게 된단다.

하루하루가 무료하고 지루하게 느껴진다면, 시간을 유익하고 재미있게 잘 보낼 방법을 찾아보길 바란다. 너를 축내는 게임이나 도박 같은 것에 빠지지 말고, 최소한 해롭지 않은 취미를 찾아보는 것이 좋겠다. 운동하기, 내 주변의 새로운 곳 탐방하기, 가볍게 글쓰기 등 어떤 것이든 상관없다. 직장생활에서 보람을 찾는 것도 좋지만, 취미 활동을 통해 행복함을 느끼고 새로운 나를 발견하는 것도 멋진 일이다. 요즘은 옛날처럼 일에 인생을 거는 문화가 아니니, 직장 이외의 시간을 유익하고 보람 있게 사용하길 바란다.

　나의 경우엔 집이나 직장 근처의 안 가본 길 걸어보기, 맛집 찾아가기, 버스 타고 전시회나 고궁 둘러보기, 공공 도서관 가서 책 읽고 인생 계획 세우기, 멍하니 산이나 강 바라보기, 쇼핑센터 돌아다니기 등을 해보는 데 나쁘지 않았단다.

　그리고 때로는 아무것도 하지 않고 시간을 보내는 것도 필요하다. 뒹굴뒹굴하는 시간이 아깝고 무료하다고만 생각하지 말아라. 그런 여유 있는 시간이 너의 머리를 맑게 해주고 새로운 창의력을 키워주며 에너지를 충전시켜 주기도 한다.

　아무튼, 너만의 취미를 한번 개발해 보기 바란다.

어떤 일에 도전하다가 계속 실패한다면 적정선에서 그만두는 것도 용기 있는 판단이라고 생각한다. 내 환자 중 한 명은 다니던 직장을 그만두고 공무원을 하겠다고 10년을 넘게 매년 시험을 보고 있는데 안타깝게도 계속 떨어지고 있다. 하루는 부모님이 오셔서

"집구석에서 10년을 넘게 공부한다고 저러는 모습을 보면 속이 터져 내가 우울증에 걸릴 것 같아요. 악착같이 하는 것도 아니고 놀 거 다 놀면서 시험만 보고 있어요. 뭐라고 얘기하면 사람 기를 꺾는다고 화를 내고 말 안 하고 토라지고, 정말 제가 병에 걸릴 것 같아요."

내게 가슴을 치며 토로하고 가셨다. 내 생각에도 아무리 해

도 안 된다면 그만두는 것도 방법이라고 생각한다. 너무 나이 들어버리면 다른 직장에서도 채용하지 않기 때문에 정도껏 도전하는 것이 좋겠다. 더군다나 그 부모님 말씀대로 최선을 다해서 준비하지도 않는다면 더 문제라고 생각한다. 하루 종일 공부해도 집중하지 않으면 머릿속에 들어가지 않는다는 사실은 너도 중고등학교 때 이미 깨닫지 않았니? 10분을 공부하더라도 집중하는 것이 중요하다.

너의 목표를 위해 계획을 세워 일정 기간 올인해서 목표를 성취하면 가장 바람직하겠지만, 만약 최선을 다했는데도 불구하고 연달아 실패하고 목표를 이루지 못한다면 그 길은 너의 길이 아닐 수도 있으니 과감하게 목표를 수정하기 바란다.

결론부터 말하면, 직장 일이나 직장 내 대인관계가 너무 힘들어서 하루하루 버티기가 어렵고 힘들다면 과감히 그만두어도 괜찮다. 물론 네가 직장 생활에서 당연히 겪고 넘어가야 할 일인데 못 견디는 것을 말하는 건 아니다. 억울하고 힘든 경우를 말하는 것이다.

"이 일을 그만두면 부모님이 날 못난 놈이라고 생각할 텐데 어떡하지? 실망시켜 드리기 싫은데... 친구들이 회사에서 쫓겨났다고 흉볼 텐데, 어떡하지? 어떻게 해서라도 참자." "이 일을 그만두면 갈 데가 없는데 어떡하지? 상사도 그랬잖아. 너 같은 놈은 여기 아니면 어디 써주지도 않는다고. 내가 능력이 없다는 말이지. 그러니 억지로라도 참아야 한다."

이렇게 생각할 수도 있지만, 네가 정말 직장 생활이 하루하루 지옥 같고, 끝이 보이지 않는다면 그만두고 나와도 괜찮다. 죽고 싶은 생각이 들 정도의 직장은 다닐 필요가 없다. 조직이 네게 잘못하는 거다. 회사나 사람이나 시간을 두고 겪어보면 저 사람이, 이 조직이 정말로 날 배려하고 있는 것인지, 그저 부속품으로만 취급하고 무시하는 건지 느낌이 온다. 너의 자존심을 무너뜨리고 너를 존중하지 않는 직장이라면 나와도 된다. 거기 아니라도 생각보다 갈 데는 많다. 더 좋은 곳이 너를 기다리고 있을 거다.

직장이 마음에 들지 않아 그만두기로 했을 때 마지막으로 직장 일에 대해 감정을 섞지 말고 한 번쯤 객관적으로 뒤돌아 생각해 보길 바란다. 내가 그만두는 이유가 타당한 것인지 확인하는 것도 후회 없는 선택을 위해 필요하다. 그리고 직장 일이 힘든 것이 어쩌면 마음보다 몸이 힘들어서 그런 것일 수도 있으니 우선 몸을 건강하게 만들어놓고 직장 일에 대한 생각을 정리해 보기 바란다. 몸이 건강해야 감정도 안정된다.

간혹 뉴스를 보면, 상사가 부당하거나 부정한 일을 지시해서 아랫사람이 어쩔 수 없이 실행하다가 결국 불이익을 받게 되는 사건이 보도되고 있다. 네게도 그런 일이 일어날 수 있다. 사소한 일이나 혼자 고생하고 말 일이라면 꾹 참고 지시대로 할 수 있겠지만 법에 저촉되는 일이면 그런 지시를 받더라도 하면 안 될 것이다. 아무래도 네가 아랫사람이니, 처음에는 왜 그 일이 시행하기 어려운지 상사의 감정을 상하지 않게 잘 말해보기 바란다. 잘 마무리되면 다행이지만 상사가 마음을 바꾸지 않고 계속 고집한다면 결국 지시에 따르지 않게 되는 것이기 때문에 좋게 마무리되기는 어려울 것이다. 그로 인해 일시적으로 불이익을 받더라도 할 수 없다고 생각한다. 대신 불이익을 견뎌낼 수 있는 힘과 능력을 기르길 바란다. 내 경험으로는 언젠가는 제자리로 돌아오고 정의가 밝혀질 것이며 네게도 다시 기회가 올 것이다.

아무 이유 없이 누군가가 너에게 조건 없는 호의를 베푼다면, 대게는 목적이 있어서 접근하는 경우란다. 단순히 네가 좋아서 이유 없는 호의를 베풀 리는 만무하다. 결국 너와 관계를 쌓은 뒤 무리한 요구나 부탁을 하는 경우가 많으며, 그 부탁은 정당하지 않을 가능성이 높다. 심지어 아무 이득 없이 그냥 상대를 도와주다 억울한 일을 당하는 사람도 있단다.

　병원을 찾아오는 환자들 중에도 의사를 한없이 칭찬하며 호의를 보이다가, 어느 순간 무리한 부탁을 해서 의사를 난처하게 만드는 경우가 드물게 있다.

　상대방이 호의를 베풀었어도 부탁이 정도에서 벗어난다면 "아니요."라고 말해야 한다. 그동안 받은 호의가 부담스럽거나 미안해서 무리한 부탁을 그대로 들어주다 보면, 결국 나를 보호하지 못할 수 있다. 유감스럽게도, 네가 억울하더라도 조직은 너를 보호하기보다는 문제의 불똥이 조직으로 튀지 않게 막는 데, 더 신경을 쓸 가능성이 크다. 큰일을 겪지 않으려면, 적절히 경계하며 사는 자세도 필요하다.

작은 안부

　요즘 직장 일이 바쁘고 몸이 피곤해서 친구 만나기도 힘들다고 했었지? 하루 종일 일하고 나면 만사 귀찮아지고 누굴 만나는 게 힘들어진다. 그런데 또 신기한 게, 귀찮아도 막상 누군가를 만나면 기분이 좀 나아지고 생각보다 반가운 경우가 많다. 아마 너도 그런 경험을 해보았을 것 같다. 그래서 적절한 인간관계는 삶의 윤활유가 된다고 하는 모양이다.

　나는 게을러서 친구에게 먼저 연락을 못 하고 친구가 내게 먼저 연락을 하는 편이라 항상 친구들에게 미안하게 생각하고 있다. 고쳐야 할 점이라고 생각한다. 너는 그러지 말고, 직장 일로 바빠 직접 만나지 못해도 가끔 안부 문자라도 넣기 바란다. 세상 모든 일이 그렇지만, 인간관계 역시 그저 얻어지는 게 아니라 배려와 노력이 있어야 유지되는 것이다. 혼자 있는 시간도 물론 좋고 편하지만, 혼자만의 시간이 너무 길어지면 외롭고 답답하기도 하다. 함께 기뻐해 주고 축하해 주고 슬퍼해 주는 친구가 있어야 기쁨은 배가 되고 슬픔은 덜어지는 법이다. 몸이 힘들고 지칠 때야 혼자만의 시간이 필요하겠지만, 가끔은 바쁘더라도 시간을 내서 너를 불편하게 하지 않는, 편한 친구들은 네가 먼저 연락해서 만나기 바란다. 너는 한 명을 만나든 두 명을 만나든 친구들을 만날 때, 적당한 시간 동안 좋은 이야기를 나누는 부러운 능력이 있더구나.

삶을 풍요롭게 하는
것들에 대해

　동호회를 들거나 봉사활동을 하면 어떨지 얘기를 했었지?
주말이나 여가 시간에 그런 취미 생활이나 봉사활동을 하는
것은 좋은 일이라고 생각한다. 삶을 보람 있게 해주고 윤활유
역할을 해주기도 하지. 그런데 그런 동호회에는 좋은 사람들
도 많지만, 드물게 스트레스를 주는 사람들도 있으니, 약간의
주의는 필요하다. 물론 충분히 가까워지면서 서로 도움을 주
고받을 수 있겠지만, 그렇지도 않은데 일방적으로 과한 부담
을 준다면 꺼려질 수밖에 없다. 이왕이면 같은 관심사를 가진
사람들이 포함된 동호회나 봉사단체에 가입하면 동질감을 느
낄 수 있고 더 재밌고 좋을 것 같다. 새로운 사람을 만나서 공
통 관심사와 고민을 나누다 보면 쌓인 스트레스가 해소되기도

한다. 직장 동료가 아니니 더 편하게 말할 수 있는 장점도 있다. 관심사도 다르고 서로 전혀 모르는 불특정 동호회에 갑자기 가입하는 것은 신중하게 생각해야 할 것 같다.

그리고 지금은 네가 미래에 대해 치열하게 준비해야 할 시기라 동호회에 시간을 쓰기엔 좀 빠듯할 것 같다. 너의 평생직장이 어느 정도 결정되면 동호회에 가입해도 될 것 같다. 모든 일에는 적절한 시기가 있단다.

진정한 도움이
필요한 친구에게

    과거에 사정이 딱한 친구를 도와주게 된 적이 있었다. 누군가가 제안을 했는데, 매달 얼마씩 그 친구에게 돈을 이체해 주자는 내용이었다. 그 친구가 건강도 안 좋은 상태이어서 재기의 가능성이 없었기 때문에 이해는 되었지만, 나는 평생 그렇게 돕는 것이 솔직히 부담스러웠다. 그 당시는 나도 그렇게 넉넉한 형편은 아니었기 때문이다. 그래서 내가 할 수 있는 만큼 돈을 모아서 한 번에 그 친구에게 주고 이 정도밖에 못 도와줘서 미안하다고 얘기하고 마무리 지었다. 도와주면서도 미안하다고 말해야 하는 상황이 좀 아이러니했지만 그래도 내 생각엔 그게 최선이었다고 생각한다. 너도 만약 누군가를 도와주고 싶다면 네가 할 수 있는 만큼, 나중에 후회하지 않을 만큼 도와주는 것이 좋다고 생각한다. 부담스럽다고 후회하면서 도와주는 건 오히려 서로의 관계가 나빠지는 길이라고 생각한다.

힘든 친구를 도와줄 때 꼭 물질적인 도움을 주어야 하는 건 아니다. 해결 방법에 대해 조언을 해줄 수도 있고, 어려운 시간을 견딜 수 있게 지켜봐 주고 힘든 이야기를 들어주는 것만으로도 도움이 될 수 있다. 그리고 혹시 네가 어려움에 빠져 친구의 도움을 받게 되었을 때, 지나치게 반복적인 하소연으로 도와주는 상대를 지치게 하지는 말았으면 좋겠다. 네가 힘드니 그럴 수 있겠지만 힘든 가운데에서도 도와주는 상대에 대한 배려는 있어야 할 것 같다.

나의 경우를 예로 들어보자면, 과거에 친구가 직장에서 권고사직을 당하고, 보험회사에 들어가서 내게 보험을 들어달라고 찾아온 적이 있었다. 별로 친하지는 않는데, 들어달라고 사정을 하기에 필요 없는 보험이었지만 어쩔 수 없이 들어준 적이 있었다. 그리고 일 년 뒤 그 친구에게 연락을 해보니 그사이 보험회사를 그만두고 나가버려서 황당했었던 적이 있었다. 결국, 그 보험을 약간의 손해를 보고 해지했다. 난 그 친구가 보험 일로 성공하지 못할 것이라는 건 보험을 들면서 눈치챘다. 내게 보험에 대해 제대로 된 설명 한마디 없이 "내 사정 알잖아. 넌 여유 있을 테니 그냥 들어줘." 이게 전부였다. 자기 일에 대한 책임감도 진정성도 열정도 없었다.

아무튼, 이런 경우 참 난처하단다. 거절하자니 미안하고 들자니 필요 없는 돈이 나가는 거라 고민스러워진다. 궁극적으로는 나에게 필요 없는 보험이라면, 서로를 위해서도 안 들어주는 것이 맞다고 생각한다. 그러려면 상처받지 않게 거절하는 방법이 필요하겠지. 상대의 딱한 사정을 잘 들어주고 위로와 공감을 해주고 내 사정을 얘기하고 미안하지만 어렵겠다고 얘기를 하는 것이 맞는 방법인데, 현실적으로는 쉽지 않은 문제라고 생각한다. 나처럼 일단 들어주고 얼마 있다가 해지하는 것도 방법이라면 방법이겠지. 상황에 따라 고민해 볼 여지가 있겠지만 보험 이외에 도와줄 수 있는 다른 방법을 찾아보는 게 좋았었겠다는 후회는 있다.

사람을
판단하는 방법Ⅰ

　사람을 판단하는 문제만큼 어려운 건 없다. 나도 정신건강의학과 의사이지만 아직도 사람의 속마음은 잘 모르겠다. 그래도 내 나름대로 조언을 해주자면, 그 사람의 말과 행동, 눈빛, 태도 등을 관찰해서 어느 정도 파악할 수는 있다. 너를 제일 사랑한다면서 실제로는 2순위로 놓아두는 행동을 한다든지, 거짓말을 할 때 눈빛이 흔들린다거나 똑바로 못 쳐다보는 사람은 조심해야 한다.

　내가 젊었을 때 어떤 선배가 내게 자주 일을 부탁하면서

　"이 일을 잘 해내면 네게도 좋은 기회가 올 거야. 내 말만 잘 듣고 하라는 대로 해봐. 내가 성공시켜 줄게."

　라는 말을 반복하였는데 난 결국 일만 하다 끝났을 뿐 별다

른 이득을 본 게 없었다. 물론 당시에도 그 선배의 말을 곧이곧대로 다 믿지는 않았지만 그래도 일말의 기대는 했었는데 그런 내가 바보 같았다는 생각이 든다.

내 경험상, 사람을 길게 만나보게 되면 그 사람에 대한 느낌이 어느 정도 오는데, 그런 주관적인 느낌 역시 무시할 수는 없는 것 같다.

사람을
판단하는 방법 II

상대방을 잘 관찰해서 파악하는 것도 도움이 되지만, 그 사람이 어떻게 살아왔는지를 알아보면 더 파악하기 쉽다. 어떤 성향의 부모님 밑에서 자랐는지, 조부모님은 또 어떤 분이셨는지 주변 환경이 중요하다. 경제적인 재력 등의 물질적인 부분을 얘기하는 것이 아니라 정신적인 면을 말하는 것이다. 어린 시절에 어떻게 자라왔고 어떤 상처를 받았고 어떤 가치를 가장 중요하게 여기는지 등을 안다면 상대방을 예측하기 용이해진다. 정신과에 입원하면 보통 3대에 걸쳐 가족력과 과거력을 조사하는데 그 사람이 어떤 환경에서 자라왔는지 알아야 그 사람을 잘 파악할 수 있기 때문이란다.

상대방의 개인적인 삶을 몰라도 언뜻언뜻 묻어나오는 말이나 행동으로도 그 사람의 걸어온 길을 추측할 수 있다. 내가 겪어보니 사람의 성격은 유전적인 부분과 양육 환경, 그리고 주변 환경에 의해서 꽤 많은 부분이 형성되는 것 같다.

사람을
판단하는 방법 Ⅲ

어떤 사람을 판단할 때 그 사람에 대한 소문이나 다른 사람의 평가로 좋지 않은 선입견을 가질 수 있다. 여러 명의 평가이니 맞을 수도 있지만 틀릴 수도 있단다. 일단은 네가 겪어보고 그 사람을 평가하는 것이 맞다고 생각한다. '좋은 게 좋은 거'라는 우리나라 문화로 인해 사회에서는 둥글지 않거나 튀는 사람을 별로 탐탁해 하지 않는다. 그러나 남들이 보기에 껄끄러운 사람이지만 막상 지내고 보면 깔끔하고 속정이 깊은 사람도 많단다. 그러니 어떤 사람을 평가할 때 타인의 뒷담화나 소문에 좌우되지 말고 네가 직접 겪어보고 판단하기 바란다.

공자도 '사람 마음은 험하기가 산천보다 거칠고, 알기는 하늘보다 더 어렵다'고 했다. 어떤 교수님은 주변의 평판으로 모르는 후배를 교수로 뽑았다가 그 후배가 교수로 임용된 뒤 하루아침에 돌변하는 바람에 퇴임 때까지 두고두고 고생하기도 했다. 겉으로 드러나는 모습으로만 사람을 평가하는 건 위험한 일이다.

사람을
판단하는 방법 IV

솔직히 나도 내가 어떤 사람인지 잘 모르는데, 다른 사람을
어떻게 잘 알 수 있겠니? 내가 보기엔, 모든 사람들은 일정 부
분 가면을 쓰고 사는 것 같다. 동정심이 많은 것 같다가도 인색
해지고, 눈물이 많은 것 같다가도 차가워진다. 어떤 게 진짜 그
사람인지 알기가 어렵다. 아마도 평소의 행동을 평균 내어서
생각해야 하지 않을까 싶다. 또 한 가지 사람을 판단할 수 있
는 방법은 위기의 순간에 어떻게 반응하는지를 보면 어느 정
도 알 수 있다. 감정을 잘 조절하는지, 잠시 삐끗하더라도 다시
제자리로 돌아오는지 지켜보면 판단이 가능하다. 장자의 잡편
에도 공자의 사람 보는 법이 나오는데 그중 몇 가지는 다음과
같다. '번거로운 일을 시켜보아서 그 사람의 능력을 살펴보고,

90
91

재물을 맡겨봄으로써 그가 어진지 살펴보고, 그에게 위급함을
알려서 지절(志節)을 살펴본다.'

힘든 일을 겪으면서 많은 사람들이 걸러진다.

무언가 결정하기에
앞서서

처음 사회생활을 할 때는 아무래도 말단에서부터 시작하게 될 테니 네가 결정하고 책임질 일이 별로 없겠지만 세월이 흘러 직위가 높아지면 점점 결정할 일이 많아진다. 그럴 때 조심하길 바란다. 직위가 높아지면서 섣부른 자신감으로 함부로 결정하는 경우가 생기는 데 위험한 일이다. 잘 모르는 일인데도 주변 의견을 구하지 않고 혼자만의 생각으로 섣부른 결정을 하는 것 역시 위험하다. 나도 멋모를 때는 그냥 내 생각대로 쉽게 결정한 적이 몇 번 있었는데, 그 때문에 항의를 받아 난감했던 적이 있었다. 그런 일들을 겪은 뒤로는 유사한 사례를 찾아보고 남들은 어떻게 처리했는지 한번 살펴보고 결정하게 되었다. 그리고 되도록 여러 사람의 의견을 들어 독단적으로 처리하지 않으려고 노력했다. 그랬더니 일 처리도 깔끔해지고 나의 책임도 가벼워졌다. 지금까지는 어떤 일을 결정할 때마다 나 혼자 책임을 져야 한다는 사실이 두려웠었는데 함께 의논해서 결정하니 책임도 분산되어 한결 마음이 편해진 것이다.

어떤 일을 결정할 때 너의 경험과 지식을 총동원해서 심사숙고한 뒤 일차적인 결정을 하고, 주변 전문가나 경험자의 의견을 듣고 최종 결정을 하기 바란다. 아무쪼록 결정을 내리기까지의 절차를 잘 준수하길 바란다. 어떤 조직의 규정이나 절차가 그냥 만들어진 것은 아니다. 때로는 비효율적이고 쓸모없는 것으로 보일 때도 있지만 어떻게 생각하면 나를 보호해 주는 장치가 되기도 한다. 결정에 따른 부담을 덜어주고, 책임을 어느 정도 분산시켜주는 효과가 있기 때문이다.

잘 모르면 물어보기 바란다.

어떤 일을 두려움 없이 잘 해내려면 네 능력이 일정 수준을 뛰어넘어야 한다고 생각한다. '내가 능력이 부족한 건 아닐까? 능력이 없는데 이 일에 매달리는 건 아닐까? 열심히 했는데 안되면 어떡하지?' 이런 두려움을 넘어서려면 자신에 대한 확신과 꾸준히 한 길로 나아가는 용기와 결단이 필요하다.

한 분야에 꾸준히 노력하다 보면, 넘어서야 할 '그 단계가 왔구나'하는 순간이 온다. 내 경험으로는 그 단계를 넘어서면서 자신감이 생기기 시작했단다. 이제는 어느 누가 물어보더라도 자신 있게 그 분야에 대해 대답할 수 있게 되고, 혹시 모르더라도 '내가 모르면 다른 사람들도 모를 것이다'라는 약간의 오만한 자신감마저 생기기도 했다. 지나친 자만은 경계해야 하지만, 적당한 자신감은 필요하다. 이런 자신감은 일에 대한 두려움을 덜어주고 용기를 준다.

프로의 세계에선 실력뿐만 아니라 강한 정신력이 필수라는 것을 잊어서는 안된다.

너도 나이가 들면 언젠가 리더가 되리라고 생각한다. 지위가 높아지는 만큼 결정해야 할 일과 책임도 커지기 때문에 두렵고 외로운 자리라고 생각한다.

'인사(人事)가 만사(萬事)'라는 말도 있듯이 리더가 되면 좋은 사람들을 찾아내어 적재적소에 배치하는 것이 가장 중요한 일인 것 같다. 리더가 모든 일을 다 할 수는 없기 때문이다. 그리고 리더로서 적절한 일을 지시하려면 먼저 그 일을 잘 알아야 하기에 밑에서부터 일을 익히면서 올라오는 것이 도움이 된다고 생각한다.

또 적어도 리더를 잘못 뽑아 조직이 망가졌다는 말은 안 들어야 하므로 리더가 되면, 맡은 조직이 안정적으로 잘 운영될 수 있도록 최선을 다해야 한다. 조직을 더욱 발전시켜 후임에게 잘 넘겨주는 것도 당연하고 중요한 임무이다. 리더의 급여가 높은 것은 단순히 일이 많아서가 아니라 조직의 미래를 결정짓는 중요한 책임을 지기 때문이다.

무엇보다 리더는 조직을 하나로 뭉치게 할 수 있는 능력이 있어야 한다. 조직원들이 아무리 뛰어나더라도 서로 소통이 안 되고 갈등과 반목이 심하면 제대로 발전할 수 없다. 리더는 구성원들을 존중하고 인정하며 그들이 주인 의식과 열정을 가질 수 있도록 힘을 불어넣어야 한다. 위의 말들을 참조해서 정직하고 투명하게 조직을 잘 이끌어가는 미래의 리더, 너를 상상해 보기 바란다.

타이밍

　과거에 어떤 프로젝트를 의뢰받은 일이 있었다. 그 일을 하고 싶기는 했었지만, 아직 준비가 덜 되어 있다는 생각이 들어서 준비할 기간을 좀 달라고 말하고, 6개월 뒤쯤 다시 그 일을 해보겠다고 회신하였다. 그러나 이미 기차는 떠난 뒤였다. 이미 다른 분에게 의뢰해서 그 프로젝트는 진행되고 있다는 말을 들었다.

　연예인들의 인기도 마찬가지인 것 같다. 소위 연예인들이 떴을 때 한꺼번에 많은 작품을 하는 경우가 있는데 그 모습을 보면서 '왜 저렇게 무리를 할까? 좀 천천히 차근차근히 하지' 생각을 했었는데 지금은 약간 이해가 간다. 물 들어올 때 노 젓는다고, 타이밍을 놓치면 그 기회를 잡기 어려워지기 때문이다.

내가 같은 직장에서 함께 일했던 상사도 타이밍을 참 잘 잡는 사람이었다. 예를 들어, 결재를 받으러 윗사람에게 갈 때 늘 윗사람이 기분 좋을 때를 노려 가곤 했었다. 덕분에 결재 받는 일이 수월했었다. 당시엔 '뭐 저렇게까지 눈치를 보고 사나?' 생각했었지만 지나고 보니 그것도 능력인 것 같다는 생각도 든다.

　　시대의 흐름과 사람의 감정을 잘 읽고 적절한 타이밍에 기회를 잘 포착하는 것도 사회생활을 잘할 수 있는 능력인 것 같다.

앞에서 타이밍을 놓치지 말자고 했는데, 바꿔 말하면 기회를 잘 포착하는 것이 중요하다는 의미이다. 그런데 기회를 포착하려면 평소에 준비가 잘 되어 있어야 한다. 아무리 좋은 기회가 주어져도 능력이 없다면 소용이 없기 때문이다. 정치인이나 경제인이 '자신은 준비가 되어있는 사람'이라고 강조하는 모습을 본 적이 있지? 그만큼 이 문제는 중요하단다.

예를 들어, 어떤 배우가 인기가 많아져 여러 개의 작품 의뢰가 들어와 배역을 맡았는데, 연기력이 부족해 사람들에게 실망을 준다면 곧 인기를 잃고 사람들의 기억 속에서 사라질 것이다.

반면, 주연 배우에게 문제가 생겨, 갑작스럽게 주연을 맡게 된 사람이 배역을 완벽하게 소화하며, 스타덤에 오른 경우도 심심치 않게 보지 않니? 이는 그 배우가 평소에 자신의 능력을 잘 갈고 닦았다는 것을 의미한다. 주어진 기회를 잘 이용해서 자신의 능력을 보여준 것이지. 기회가 왔을 때 비로소 배우고 준비하려 한다면 이미 늦은 것이다.

　너는 평소에 능력을 키우고 닦아서, 기회가 왔을 때 잡을 수 있는 준비된 사람이 되었으면 좋겠다.

감정 기복이
정상?

내가 이상한 건지 모르겠지만 사회생활을 하기 전에 난 사람들의 감정과 기분이 오르내리는 것을 잘 이해하지 못했다. 내 집안이 비교적 한결같아서 그랬었는지 모르겠지만, 화냈다가 기분 좋았다가 또 짜증 냈다가 풀리는 사람들의 감정 기복이 잘 이해되지 않았다. 그래서 대학을 졸업하고 사회생활을 시작하였을 때 주변 사람들이 어떤 때는 심하게 화를 냈다가 다음날 또 아무 일 없었다는 듯이 대하는 경우에는 혼란스러웠다.

'어떻게 저렇게 심하게 화를 냈다가 아무렇지 않게 대할 수 있지?'

'화를 내도 뒷감당을 어떻게 하려고 저렇게 심하게 내지?'

혼자 고민하기도 했고, 심지어 이런 경험을 미리 겪어보지 않게 한 부모님이 원망스럽기도 했다. 어쨌든 사회생활을 오래 하다 보니 오히려 감정 기복이 있는 사람들이 더 많고 어쩌면 그것이 더 당연하고 자연스러운 일이라는 생각이 들었다. 사람의 감정과 기분은 내적 요인으로, 혹은 외적 스트레스로 늘 변할 수 있기 때문에 한결같지 않으며 상대방의 평소 기분을 평균해서 그 사람을 판단하는 것이 좋다는 것을 알았다. 순간의 감정을 그 사람의 전부인 것으로 생각해서는 곤란하다는 것을 느꼈다. 물론 순간적인 감정의 극단이 너무 지나치면 내겐 상처가 되고 이해의 범위를 벗어나 힘들긴 하지만 말이다.

　　인간은 감정의 동물이라는 사실을 항상 기억하면서 대인관계를 잘 해나가기 바란다.

고백하건대, 난 밤에 자기 전에 간혹 혼자 욕하는 버릇이 있다. 물론 매일 욕을 하는 건 아니고 아주아주 어쩌다 가끔이란다. 낮에 누군가와 무척 안 좋은 일을 겪었을 때 그 사람에게 뭐라고 하지는 못해서, 속에서 화가 치밀어 올라 나도 모르게 자기 전에 한 시간이고 두 시간이고 그 사람에게 실컷 욕하는 거지. 보통은 상대에게 당하고 오면 '아, 그 때 그렇게 말해줬어야 했는데 바보같이 아무 말도 못 하고 왔네.'하는 생각이 드는데, 다시 그때로 되돌아가서 내가 낮과는 반대로 아주 똑똑하고 당차게 말을 잘해서 되갚아 주는 것이지. 물론 상상 속에서뿐이지만 말이다.

　맘에 들지 않는 상대에게 한 시간이고 두 시간이고 속마음을 털어내면 어느새 마음이 풀어지고 좀 시원해지더구나. 왠지 실제로 욕을 한 기분이 들기도 하고 복수한 기분이 들기도 하고 나중엔 욕하기도 지쳐서 '에휴, 그만 하자. 이 정도면 됐어.' 하고 졸려서 자게 된다. 내가 생각해도 소심한 복수이지만 가끔은 이렇게라도 혼자 실컷 욕을 해서 네 마음을 풀었으면 좋겠다. 혼자 욕하는 걸 포장해서 말한다면 부정적인 감정 경험의 처리를 위한 일종의 스트레스 해소 방법이라고도 할 수 있겠다. 언젠가의 용서를 위해 혼자 욕하는 건 하나님도 이해해 주실 것이라 믿는다. 그리고 대놓고 욕하기에는 우린 너무 용기도 없고 두려움도 많지 않니?

리더의 역량:
팀의 미래가 달린 팀원 뽑기

  사회생활을 하다 보면 팀이나 조직을 이루어서 함께 일을
진행해 나갈 경우가 많다. 더구나 네가 나이가 들어 지위가 오
르면 어떤 팀이나 조직을 만들어 이끌어갈 수도 있다. 그럴 때
같이 일할 사람을 선택할 순간이 오는데 생각보다 그 부분이
쉽지 않다.

  똑똑하고 성실하고 조직에 대한 충성심이 있다면 금상첨화
겠지만 유감스럽게도 그런 사람들은 별로 없다. 이왕 일할 바
에, 어느 정도 순수하게 팀과 조직을 위한 마음으로 일해주면
좋겠는데 보상을 위해 일하는 사람들이 많은 것은 사실이다.
물론 그걸 잘못되었다고 말하는 것은 아니다. 그러나 그러다
보면 힘든 일이나 희생을 해야 하는 순간에 갈등이 많이 생기

게 된다. 그래서 나의 경우는 어느 정도 능력이 된다면, 능력이 좀 미흡하더라도 성실함과 책임감을 우선해서 사람을 선택한다.

네가 만약 사람을 선택해야 하는 경우가 생기면 무조건 똑똑하다고 선택하지 말고 신뢰성, 성실함, 책임감을 크게 고려해 보기 바란다. 참고로, 앞에서 내가 조직에 대한 충성심을 언급하였는데 요즘 시대에 조직에 대한 무조건적인 충성을 요구하는 건 적절하지 않다고 생각하며, 조직과 일에 대한 사랑과 열정을 가질 수 있게끔 만드는 리더의 역할이 중요한 것 같다.

원론적으로 말한다면 자신이 잘할 수 있고 또 좋아하는 분야 중에서 전망이 좋은 직업을 선택하면 바람직하겠지만 말처럼 쉬운 것은 아니다. 앞에서 말했었던 것처럼 내가 잘하는 것과 좋아하는 것이 다를 수 있고, 내가 선택한 분야가 인기나 전망이 별로 좋지 않을 수도 있다.

그런데 내가 겪어보니 인기는 돌고 도는 것 같다. 내가 몸담고 있는 의학만 하더라도 어느 시기엔 전공의들 사이에 정신건강의학과가 인기 있다가 또 어떤 때는 마취통증의학과가 인기 있는 과로 되는 등 계속 변하더구나. 공무원도 마찬가지로 어느 시기엔 인기 있는 직업이었다가 다시 인기가 없어지기도 하고 역시 계속 변하는 것 같다. 그래서 결국은 네가 마음에 드는 직업을 선택해야 나중에 인기가 있든 없든 후회가 덜할 것이다.

그리고 네가 선택한 직업이 별로 전망이 좋지 않더라도 그 안에서 상위권에 든다면 괜찮은 대우를 받는 것 같다. 경쟁이 치열하고 사양 산업인 레드오션 분야에서 직업을 선택해도 그 안에서 남과 다른 차별점과 능력을 가진다면 성공할 수 있다는 말이다. 되도록 전망이 좋은 직업을 선택하는 것이 좋겠지만, 그렇지 않더라도 남보다 뛰어난 실력과 차별화된 기획으로 승부해보길 바란다.

하고 싶은
또 다른 이야기

　나의 경우, 진료 시작 전 10분 동안 마음을 가라앉히는 시간을 갖는다. 출근하느라 정신없었던 몸과 마음을 안정시키는 효과도 있고, 진료와 관련 없는 잡다한 고민을 뒤로하고 진료시간에 환자에게만 집중하기 위한 방법이기도 하다. 당연한 말이지만, 마음속에 집안일이나 친구들에 대한 고민이 많으면 내 직장 일에 집중하기가 어렵다.

　너도 일을 시작하기 전에 잠시 눈을 감고 마음을 정리하면서 심호흡을 한번 해도 좋고, 가볍게 차를 마시면서 마음을 편안하게 정리하는 것도 좋을 것 같다. 명상과도 비슷하다고 할 수 있는데 이런 행동들이 주의집중, 결정능력, 학습 및 기억, 감정조절 등에 도움을 준다.

한 걸음 더 나아가, 하루를 마무리할 때 간단히 일기를 써 보거나 하루는 정리해 보는 시간을 갖는 것도 좋다. 의미 있었 던 오늘과 더 나은 내일을 위해서.

욱할 때
10분만 참자!

　병원을 찾아오는 환자들 중에서 순간적인 충동을 못 참아 고치기 위해서 진료를 받으러 오는 사람들도 꽤 많다. 욱하는 마음에, 정도를 벗어나는 말과 행동을 해서 사건이 발생하고 일이 커져 자신의 충동성을 조절했으면 좋겠다며 방문한다. 자의로 오는 경우도 있었고, 본인은 멀쩡하다고 생각하는데 가족이 치료를 받아야 한다고 판단해서 억지로 끌려오는 경우도 있었다.

　호르몬이나 신경전달물질, 성격 탓으로 충동성이 나타날 수 있고 스스로를 다스리는 초자아와 자아가 제대로 작동하지 않아 나타날 수도 있다. 개개인의 이야기를 모두 듣고 정신역동적으로 해석을 해주면서 면담치료 및 약물치료를 하는 경우가 많지만, 일단은 화나고 욱할 때 10분만 참고 나서 상대에게 말하고 행동하시라고 말씀드린다. 상대가 잘못했다고 하더라도 같이 화내고 폭력을 사용하면 요즘엔 문제가 심각해지기 때문이다.

다행히 너희는 술을 좋아하지 않아 술로 인한 충동성은 발생하지 않겠지만, 주변을 보면 술로 인한 문제도 많이 발생한다. 아무튼, 늘 자제력을 가지고 욱하는 마음을 조절하기를 바란다. 순간적으로 욱하는 마음을 다스리지 못해 나중에 후회하고 수습할 수 없는 안 좋은 일들이 생각보다 참 많이 벌어진다.

미래를 대비하는 기본,
영어와 컴퓨터

세월이 많이 흘러 지금도 외국어와 컴퓨터를 잘 익혀놓으라는 말이 도움이 되는지 모르겠지만 아무튼 외국어(영어)와 컴퓨터를 잘 익히라고 조언을 해주고 싶다. 그저 그런 조언으로 들릴 수도 있는 이 말은 내 주례를 서주신 지도 교수님께서 늘 강조하시던 말씀이었다.

"자네는 영어 공부를 많이 해서 세계에 진출하는 사람이 되도록 하게. 또 컴퓨터를 익숙하게 잘 다루어서 시대를 앞서가는 사람이 되었으면 좋겠네."

그런데 유감스럽게도 난 지금 영어도 잘 못 하고 컴퓨터도 잘 다루지 못하는 그저 그런 사람으로 살고 있다. 많이 후회하고 있다. 내가 전공의 시절부터 듣던 조언이었으니 벌써 30년

전 이야기인데 아마 그 말을 잘 따랐다면 난 지금보다 더 훌륭한 의사가 되었을 것 같다는 생각이 든다. 흔하게 듣는 당연한 충고라고 생각하고 한 귀로 듣고 한 귀로 흘려버린 대가로 조금은 부족하고 아쉬운 인생을 살고 있다.

그래서 나처럼 뒤늦게 후회하지 않도록 나도 네게 '영어와 컴퓨터'를 잘하는 사람이 되었으면 좋겠다는 조언을 해주고 싶다.

시간 싸움

　요즘엔 인터넷에 정보가 너무 많아 내가 원하는 것을 찾는데에도 많은 시간이 소요되더구나. 인공지능이 발전해서 이젠 내가 원하는 것도 알아서 딱 맞게 찾아주는 시대가 되었지만 결국 최종 결정은 내가 해야 하므로 시간의 조율도 내 몫인 것 같다.

　언젠가 너희들이 물건 하나를 사는데 며칠을 고민하면서 찾던데 최대한 돈을 아끼면서 최선의 선택을 하는 것까지는 좋지만 지나치게 시간을 많이 사용하는 것도 한편으로는 아까운 것 같다. 요즘엔 시간도 돈이라 그 시간에 휴식을 취한다든지 네가 하고 싶은 다른 일을 하는 것이 자신을 위한 더 좋은 투자일 수 있다. 참고로, 사고 싶다고 바로 사는 경우 나중에 후회할 수 있으니 생각할 시간을 갖고, 한참 뒤에도 같은 생각이 들면 사는 것도 방법이다.

아무쪼록 세상에서 가장 싼 물건을 찾느라 시간을 너무 많이 빼앗기지 말고, 네 생각에 싸다고 생각하는 물건을 찾아 사는 적절한 타협으로 너의 시간을 효율적으로 사용했으면 좋겠다.

'악마는 프라다를 입는다'라는 영화를 본 적 있지? 거기에서 메릴 스트립이 아래 직원에게 읊조리듯이 수많은 지시사항을 쏟아붓고 또 직원이 기억하는 걸 보면서 저렇게 말하는 사람이나 기억하는 사람이나 정말 대단하다고 느꼈다. 영화니까 가능한 것일 수 있고 과장된 부분도 있겠지만 사회생활에서 그와 유사한 일이 생각보다 꽤 많다. 상사나 업무 관계자들의 말을 한 번에 잘 듣고 기억하는 것, 그리고 한 번에 제대로 이해하고 실행하는 것이 중요한데 생각보다 쉽지 않다. 요즘엔 전화 통화나 회의 내용을 녹음해서 다시 확인할 수도 있더구나.

그런데 한 번에 잘 듣고 기억하던 사람이 일하기 싫은 저항감으로 제시간에 마감하지 않기도 하더구나. 나름대로 이유가 있어 그럴 수도 있지만, 그런 일이 반복되면 신뢰감이 떨어져 그 사람과의 관계는 멀어질 수밖에 없게 된다. 그러니 이왕에 하기로 한 일이나 맡은 일은 책임감을 갖고 한 번에 잘하도록 하자.

　네가 원하는 일을 하기 바란다. 그리고 그 일이 무엇이든 잘
못된 일만 아니라면 나는 끝까지 응원할 것이다. 그런데 너는
아직 네가 원하는 일이 무엇인지 찾지 못한 것 같다. '어떻게
살 것인지' 치열한 고민이 있어야 원하는 일에 대한 답이 나올
것이라고 생각한다. 그 고민하는 과정이 답답하고 불안하고,
때로는 우울하고 짜증 나겠지만 꼭 한 번은 거쳐야 하는 과정
이라고 생각한다.

　원하는 일을 찾기 위해서는 주변의 조언이나 경험도 참조하
고 특히, 해볼 수 있는 일은 직접 해보는 것이 중요하다. 그래
야 내가 뭘 좋아하고 잘하는지 정확하게 알 수 있기 때문이다.
옷도 인터넷에서 보는 것과 내가 직접 입어보는 것이 다르지

않니? 그리고 원하는 일을 정할 때 단점을 보완하는 데에만 집중하지 말고 장점을 극대화해서 일을 찾아보는 것도 좋은 방법이라고 생각한다.

　아직 시간은 있으니 좀 더 고민해 보고 겪어보고, 네가 원하는 길을 찾기 바란다. 여기서 원하는 길은 직장 문제뿐만 아니라 '어떻게 살 것인가?'에 대한 문제이기도 하다. 대학 때 벌써 인생을 디자인한 친구들도 있다고 부러워하던데 빨리 정한다고 좋은 건 아니라고 생각한다. 그러나 너무 늦어도 마음이 급해지기 때문에 30세가 되기 전에는 정했으면 좋겠다.

어떤 일을 꾸준히 잘하려면 호기심이 있어야 한다. 호기심이 생기려면 일이 재미있어야 하고, 재미있으려면 내가 좋아하는 일이어야 한다. 그래서 네가 항상 원하는 일, 좋아하는 일을 선택하라고 조언하는 것이란다.

아인슈타인은 '나는 천재가 아니다. 다만 호기심이 많을 뿐이다.'라고 말했단다. 천재들의 성공은 단순히 재능의 차이가 아니라, 호기심의 차이에서도 비롯된다. 세상에 대한 호기심과 더불어 꾸준한 노력과 자신감이 너를 남과 다른 사람으로 만들어 줄 것이다.

호기심이 억지로 생기지는 않겠지만, 주변 일에 관심을 가지다 보면 점차 생긴다. 반대로 호기심 없이 억지로 꾸역꾸역 기계적으로 일하면 깊이 파고들지 못해 일정 수준을 넘어서기 어렵단다.

우리나라 사람들이 호기심과 에너지가 많은 민족이기에 K-컬처가 전 세계를 휩쓸고 있는 것이라고 생각한다. 호기심 많은 사람이 세상을 이끌어간다.

네가 어떤 일을 결정할 때 좀 성급하게 결정하는 것 같아서 노파심에 이 말을 한다. 꾸준히 잘할 수 있는 일인지, 혹은 물건을 살 때도 계속 사용할 필요한 물건인지 생각해 보고 신중하게 결정하기 바란다.

네가 '이 일을 계속할 것이다', 혹은 '이건 꼭 필요한 물건이다'라고 해서 결정하고 구입했는데 얼마 지나지 않아 '아무래도 일을 잘못 결정한 것 같다', '생각보다 이 물건이 별로야, 반품할래'하고 번복하는 일이 잦던데, 좀 더 신중했으면 좋겠다. 그리고 어떤 일을 결정했으면 꾸준하게, 길게 밀고 나가기 바란다. 조금 해보고 막히면 '이 길이 아닌가 봐'하고 쉽게 포기하지 않기 바란다.

심리적으로는 불안할 때, 주의가 분산될 때, 주변 환경에 휩쓸리게 될 때 신중하지 못하고 충동적으로 되기 쉽다. 생물학적으로는 신경호르몬, 신경전달물질의 이상이나 기질적인 특성으로도 충동성이 나타날 수 있지만, 어느 정도의 노력으로 조절될 수 있단다.

남들이 하니까, 빨리 성과를 내야 하니까, 이번이 마지막 기회인 것 같아서 하는 성급한 결정은 후회하기 쉽다. 무릇 너의 중요한 결정은 홈쇼핑 마감 직전 쇼호스트의 부추김 때문에 결정한 성급한 구매처럼 되어서는 안 된다. 자신의 성향을 잘 파악하고, 신중하게 판단해서 결정하기 바란다.

절제미
(節制美)

　앞에서 말한 '성급하게 충동적으로 결정하지 말아라'와 상통하는 말이기도 한데, 무엇인가 하고 싶다고 바로바로 다 할 수 없고 또 그렇게 해서도 안 된다. 진로와 같은 중요한 결정뿐만 아니라 작은 일들도 마찬가지다. 예를 들어, 지금 배가 아픈데 당장 먹고 싶다고 뒷일을 생각하지 않고 과식을 해버린다든지, 남들이 주식으로 돈을 버니 나도 좇아서 주식에 묻지마 투자를 하는 건 안 될 일이다. 더 고통스러워지는 결과를 초래하기 때문이다. 꼭 필요한 물건이라도 당장 빚지고 사지 말고, 몇 달 동안 돈을 모아 사는 성취의 기쁨을 느껴봤으면 좋겠다. 작은 훈련도 도움이 될 것 같다; 배고파도 다른 사람이 올 때까지 10분 기다렸다 같이 먹기, 음식을 천천히 꼭꼭 씹어 먹기,

실내가 답답해서 당장 밖에 나가고 싶어도 빠진 것 없는지 다시 한번 잘 살펴보고 나가기 등. 욕구를 지연시킴으로써 한 번 더 생각하게 되고, 너를 신중한 사람으로 만들어 줄 것이다.

심리 실험 결과 욕구를 지연시킬 수 있는 사람이 나중에 학업 성취도가 높고 문제행동이 없었다는 보고도 있다. 더 좋은 결과를 얻기 위해서 자기 절제 능력이 필요한 것이다. 아무쪼록 '지금의 욕구'에 굴복하지 말고, '나중의 더 큰 만족'을 누려 보길 바란다.

열정을 넘어
꾸준히 나아가기

네가 여러모로 생각이 많아 한 가지 목표를 딱 정하는 것을 어려워하는 걸 안다. 한번 정해 놓고도 과연 이게 잘 결정한 것인지 고민하는 성격인 것도 안다. 그렇지만 심사숙고해서 한번 결정한 일은 너를 믿고 그대로 한번 밀고 나가보기를 권한다. 네가 힘들게 고민해서 결정한 일이기에 잘못 정했을 것이라는 생각은 들지 않는다.

조금 해보다가 막히면 딴 길로 가고, 또 조금 해보다가 막히면 딴 길로 간다면 그 분야에서 깊이 있는 실력을 키우기 어렵다. 크든 작든 한 우물을 끝까지 파는 사람이 결국 성공할 것이다. 그러려면, 단순히 열정만 가지고는 부족하다. 초기의 열정은 금세 식어버릴 수 있기 때문이다. 뚜렷한 목표가 있어야 하고 책임감이 있어야 하고 나는 해낼 것이라는 긍정의 힘이 뒷받침되어야 한다. 중간중간에 작은 성취의 기쁨이 있으면 동력이 되어 더욱 좋을 것이다.

아마 자주 목표를 바꾼다면, 그건 너의 불안 때문일 텐데 세상 어느 누구도 미래를 정확히 예측할 수 없기에 불안하지 않은 사람은 없다. 어떤 일을 선택하건 불안이 없을 수는 없다. 너를 믿고 불안을 이겨내길 바란다.

학생들의 실습시간을 진행하다 보면 평소에 잘 못하는데도 실기 시험 때는 잘할 수 있다고 주장하는 학생들이 있더구나. 하지만 대부분의 경우, 시험 때는 오히려 더 떨리고 긴장돼서 평소보다 잘하지 못한다. 평소에 습관처럼 몸에 익숙하게 배어 있어야 어떤 상황에서도 실수 없이 잘할 수 있게 되는 법이다. 그래서 나는 항상 학생들에게 "실습 기간 동안 훈련을 충분히 해서 내 몸에 밴 습관처럼 만들어야 실기 시험에서 좋은 결과를 낼 수 있다."라고 늘 얘기해주고 있단다.

긴장하거나 불안하면 잘못된 버릇이 튀어나오게 된다. 공부도, 사무도, 기술도 모두 평소에 충분히 연습해 몸에 익숙해져야 어떤 상황에서도 실력을 발휘할 수 있단다.

습관이 중요하다고 이야기했지만, 좋은 습관을 만들기 위해서는 스스로 느끼는 보상이 필요하다. 내 경우 매일 운동을 하니 다음 날 몸이 가벼워지고, 인상이 밝아졌다는 주변 사람들의 말을 자주 듣게 됐다. 이런 작은 보상이 나를 더 규칙적으로 운동하는 사람으로 변화할 수 있도록 도와주었다.

너도 귀찮음을 떨치고 일어나 스스로 보상을 해주며 좋은 습관을 만들어보길 바란다.

하고 싶은 또 다른 이야기

오늘은 한결같음에 대해서 이야기하려고 한다. 특히 사람과 사람 사이의 관계를 얘기하고 싶다. 나는 모든 면에서 한결같은 삶을 살고 싶은 생각이 많았다. 인간관계도, 내 일도 변하지 않고 한결같았으면 좋겠다고 생각했는데 막상 살아보니 그게 쉽지 않더구나. 감정과 사건이라는 변수가 개입되면 사람 사이 관계가 틀어질 수도 있고, 또 스트레스나 피로감 등으로 인해 내 일이 한결같을 수 없었다. 아쉽고 부족함이 많았다.

사람이 한결같다는 말은 믿음을 줄 수 있는 사람이라는 뜻과 다르지 않다. 어떤 상황에서도 서로를 배신하지 않을 것이라는 믿음이 중요하다. 그리고 기분과 성격을 잘 다스리는 것도 필요하다. 사람인 이상 상황에 따라 기분의 굴곡은 있을 수 있겠지만, 평소에 더할 나위 없이 순하다가 어떤 일에 갑자기 불같이 화를 내고 돌변하는 일이 잦다면 아무리 이해하려고 노력해도 그 사람에 대한 믿음이 무너질 수 있다.

그리고 한결같고자 하는 너의 노력과 배려에도 불구하고 상대가 그에 상응하는 태도를 보이지 않는다고 해도 너무 실망하지 않기 바란다. 그냥 그 사람의 수준이, 그 사람과의 인연이 여기까지인가 보다 생각하길 바란다.

아무쪼록 너의 기분과 성정을 잘 다스리고, 주변 사람들의 마음도 보듬어 줄 수 있는 한결같은 사람이 되길 바란다.

어떤 일이든지 평생을 하다 보면 신기하게도 인생에 대한 깨달음이 저절로 생긴다. 일을 통해 현재 인생의 의미도 알 수 있게 되고, 앞으로 어떻게 살아야 되겠다는 생각도 든다. 또 욕심이 줄어들고, 적당한 체념도 생긴다. 어떤 사람이 좋은 사람인지도 알게 된다.

나도 정신과 의사를 평생 하다 보니 많은 것을 느끼게 되었다. 예를 들어, '젊은 시절 잠시의 성공보다는 말년의 안정과 편안함이 중요하구나', '한 분야에서 무엇인가 이루려면 긴 시간 정직한 노력이 필요하구나', '화려한 친구 여럿보다는 진실한 친구 하나가 낫구나' 등을 깨달았다.

면담을 하다 보면, 소방관, 공무원, 자영업자 등 다양한 직업을 가진 분들과 만나게 된다. 그분들이 평생 겪은 일을 듣다 보면 어떻게 사는 것이 좋겠다, 혹은 저런 사람은 조심해야 되겠다 하는 깨달음을 오히려 내가 얻게 된다. 나도 내 직업상 만나는 그분들 덕분에 깨닫고 배우는 것이다.

　너도 네 일을 꾸준히 해서 인생과 사람에 대한 즐거운 깨달음을 얻길 바란다.

Carpe
diem!

젊을 때 능력을 키우고 노력해서 꿈을 이루고 돈도 모아서 나이 들어 기운 없고 힘없을 때를 대비하는 건 당연하다. 그렇지만 미래를 준비한다고, 젊음의 기쁨과 행복을 누리지 못하고 일만 하면서 보내는 것도 많이 아쉬울 것 같다.

'카르페디엠(carpe diem)'이라는 말은 '현재를 즐겨라'라는 뜻이다. 아무렇게나 흥청망청 돈을 쓰며 쾌락적으로 살라는 말이 아니라, 지금, 이 순간이 중요하며 현재를 즐겁고 의미 있게 잘 보내야 밝은 미래가 다가온다는 뜻이다. 순간순간의 현재가 모여 미래를 결정하기에 네가 살고 있는 현재의 중요성을 강조하지 않을 수 없다. 안 좋은 과거는 잊고, 실수한 과거는 반복되지 않도록 조심하면서, 최대한 너를 만족시킬 수 있는 현재를 살기 바란다. 그런 방법 중 하나로 공부하고 일하는 중간중간 세상의 다양한 즐거움을 누려보는 것도 좋겠다. 세상에는 먹는 즐거움뿐만 아니라 보는 즐거움, 듣는 즐거움, 읽는 즐거움, 사귀는 즐거움 등 찾을 수 있는 즐거움이 정말 많다. 세상을 알면 알수록 더 잘 즐길 수 있는 것 같다.

너도 미국에서 잠깐 살았으니 알겠지만, 미국 사람들은 모르는 사람들끼리 엘리베이터나 카페에서 만났을 때, 미소 지으며 인사도 잘하고 가벼운 대화도 잘 나눈단다. 모르는 사람과도 감정표현이 자유롭고, 웃는 습관이 몸에 배어서 그런 것 같다. 반면에 한국 사람들은 속정은 깊을지 몰라도 서로 잘 알지 못하면 사람들끼리 인사를 안 하는 편이지. 요즘 엘리베이터에서 인사를 잘하는 어린이들이 많은 걸 보니 우리도 점차 변해가는 것 같긴 하다. 밝게 웃으면서 인사하는 사람을 싫어하는 사람은 없단다. 너도 언젠가 우리 아파트 청소 해주는 아줌마가 늘 웃으면서 인사해주셔서 너무 기분이 좋아진다고 말한 적이 있었지? 사람 마음은 다 똑같다.

그리고 개인적인 생각이지만, 인사를 잘하는 사람이 적이 없기 쉽고 인정도 받고 성공도 잘하는 것 같다. 재일교포 사업가가 세운 'MK 택시'가 한때 화제가 된 적이 있었다. 그 회사는 운전기사에게 인사를 잘하도록 교육을 시켜 큰 성공을 거두었다. 직원이 인사를 하지 않으면 요금을 받지 않겠다고까지 공언했다. 성공을 위해서 인사를 하라는 말은 아니다. 인사는 모든 소통의 기본이며 인사를 통해 네가 더 품격 있고 바르고 당당한 사람이 될 수 있기에 강조하는 것이다. 너도 이왕이면 밝게 인사하는, 첫인상에 호감을 주는 사람이 되길 바란다.

당연한 말이지만 약속 시간에 자주 늦게 되면 신뢰감이 떨어진다. 언젠가 네가 친구들 중 몇 명은 늘 30분 이상 늦는다고 말한 적이 있어서 그건 상대에 대한 예의가 아니고 좋지 않은 습관이라고 내가 말한 적이 있었지? 친구 사이뿐만 아니라 사회생활도 마찬가지란다. 피치 못할 사정으로 늦는 경우도 있지만, 나는 되도록 약속 시간보다 10분 정도는 일찍 가려고 노력한다. 약간의 여유가 있어야 일도 편안하게 볼 수 있다.

　주변을 보니 약속에 늦는 사람은 늘 자주 늦더구나. 그 사람의 습관일 수도 있고, 굳이 정신과적으로 해석을 해보자면 약속된 모임에 가기 싫은 심리적 저항일 수도 있겠다. 또, 가는 데까지 걸리는 시간을 너무 낙관적으로 잘못 계산했거나, 내가 기다리기는 싫은 이기적인 생각 때문일 수도 있다. 이유가 무엇이건 간에 약속 시간에 늦는 건 상대에 대한 배려가 부족한 것이다. 내 시간이 중요한 만큼 상대의 시간도 중요하다는 걸 늘 명심하기 바란다. 약속 시간을 잘 지키는 것은 인간관계의 기본이며 상대에 대한 예의이자 신뢰감 형성의 첫걸음이다.

　오늘은 소소하게 짜증이 많이 났다. 내가 속이 좁은 것인지도 모르겠다. 집에서 나와 지하철을 탔는데 어떤 남자분이 책을 읽으면서 가방을 한 자리밖에 안 남은 자기 옆에 놓아 내가 앉을 수 없어서 짜증이 났다. 한마디 하려다 짧게 가는 거리라 그냥 꾹 참고 서서 갔다. 그리고 도서관에 도착해서 책을 읽는데 옆자리 여성이 노트북 자판을 하도 크게 두드려서 또 짜증이 났다. 그래도 옆에서 책 읽는 사람도 생각해 줘야 하지 않겠니? 속 좁아 보일까 봐 그냥 꾹 참았다. 마지막으로, 집으로 돌아오는 길에 비가 내렸는데 어떤 여성이 지하철역을 들어서면서 자신의 우산을 내 쪽으로 향해 털어 우산의 빗방울이 내 옷에 다 튀었다. 또 한 번 짜증이 났지만, 그 여성은 옆 친구와 얘기하는데 정신이 팔려 그런 행동을 한 줄도 모르더구나. 그냥 또 참았지. 내가 예민한 것일 수도 있지만, 그래도 함께 살아가는 세상이니 너부터 상대를 조금만 더 배려하고 행동하길 바란다. 뜻밖의 사소한 배려를 받으면 기분이 좋아지고 심지어 감동하게 되기도 한다. 지금도 잘하고 있지만, 너도 그런 배려를 베풀 수 있는 사람이 되었으면 좋겠다.

과한 인정 욕구는
독

주변 사람들이 '성실하다', '착하다', '뛰어나다'는 등의 말을 해주면 기분이 좋아지고 자존감도 높아지겠지만, 너무 그런 말을 들으려고 애쓰다 보면 스트레스가 쌓인다. 인정받으려고 노력하다 보면 늘 초조하고 긴장되고 상대의 눈치를 살피게 되고 쉽게 좌절하게 된다. 만남이 부담스러워지고 만나는 동안이 불편하고 부자연스러워진다. 당연한 사실이지만, 모두에게 사랑받고 모두를 만족시켜 모두에게 인정받을 수는 없다. 내가 아무리 인정받으려고 노력해도 안 되는 부분은 있기 마련이다. 성인이 되어서의 칭찬과 인정은 타인이 아닌 나 스스로가 하면 된다.

나도 한때 다른 사람의 칭찬과 인정을 받으려고 애쓴 적이 있었는데 지나고 보니 정작 내가 하고 싶은 일이나 취미는 뒷전으로 밀려나 버려 후회되더구나. 타인의 바람이나 요구대로 살지 말고 네가 원하는 삶을 살기 바란다. 앞에서도 말했듯이 내 삶의 주인은 '나'이기 때문이다. 타인의 인정은 기분 좋은 활력소가 될 수 있지만, 너무 인정과 칭찬에 얽매인다면 새장에 갇힌 새처럼 길들여질 수 있다.

선택과
집중

너희들은 꼼꼼해서 실수는 별로 없는 것 같다. 그런데 너무 꼼꼼하면 사는 게 피곤할 수 있다. 중요한 일은 완벽하게 잘 해 내야겠지만 중요하지 않은 일은 좀 대강해도 된다. 모든 일을 어떻게 다 완벽하게 할 수 있겠니? 모든 일을 다 잘해야 한다 고 생각하면 숨이 막히고 답답할 것 같다. 나도 늘 사는 게 구 멍투성이였다. 놓치고 빠뜨리고. 그래도 그럭저럭 이렇게 너희 들과 잘살고 있지 않니?

모든 일을 너무 완벽하게 하려고 애쓰지 말고 중요한 일들 에 선택적으로 집중하여 처리하길 바란다. 이때, 중요한 일이 라고 결정하는 선택은 너의 판단과 가치평가에 의해 좌우된 다. 집중은 효과적으로 일을 잘 수행하기 위한 자기조절능력

중의 하나이다. 중요한 일에 집중하다 보면 필요 없는 정보가 저절로 걸러진다. 너도 어떤 일에 집중하다 보면 주변의 소리나 소음을 듣지 못하는 경험을 해보았으리라고 생각한다.

중요한 일들의 순서를 잘 결정한 뒤, 그 일들에 집중해서 잘 처리하길 바란다.

일과 삶,
경계를 나누고 마음 다스리기

직장에서 집안일이나 다른 고민으로 신경 쓰다 보면 문제가 발생하는 경우가 많다. 나의 경우, 머릿속에 딴생각이 꽉 차 있으면 아무래도 환자 면담 등에서 놓치는 내용이 있었던 것 같다. 마음먹은 대로 쉽게 되지는 않겠지만 집안일은 집안에서 끝내고 직장으로는 가지고 가지 않기 바란다. 그 반대도 마찬가지다. 자기 앞에 놓인 일에 집중하는 것이 옳다고 생각한다. 아무래도 직장에서 딴 일에 신경 쓰게 되면 표정이 어두워지고 작은 일에 실수가 생기고 대인관계도 원활하지 않게 되고 판단력도 흐려지게 마련이다.

일의 경계가 불명확해지면 하루 종일 걱정과 스트레스에 시달리게 되고 현재에 집중하기도, 또 즐기기도 어려워진다. 명상이나 운동, 취미 활동으로 머릿속을 정리하고 감정을 다스리는 것도 좋은 방법인 것 같다. 나 같은 경우는 운전 중에 음악을 들으면서, 혹은 러닝머신을 타면서 마음을 정리한다.

겉보기엔 아무 일 없어 보이는 많은 사람들이, 실제로는 수많은 고민과 스트레스를 표시 내지 않으면서 자신을 정리하고 다스리면서 살아가고 있다는 사실을 나도 나이 들어서야 비로소 알았다. 너희들도 그렇게 성숙한 사람이 되길 바란다.

작은 사고에
유의하라

작은 사고들이 자주 일어난다면 조만간 큰 사고가 일어날 수 있다는 신호이자 경고이니 유의하는 것이 좋겠다. 직장에서 일하다가 실수가 점점 잦아진다든지, 주변 사람들이 네가 이전과 달라 보인다고 어디 안 좋은 건 아닌지 조심하라고 말해줄 때가 있는데 그런 경우에는 본인을 한번 잘 살펴보기 바란다.

긴장과 불안이 심해져서 그런 작은 사고들이 일어날 수도 있고, 지쳐서 그런 일이 발생할 수 있다. 정신적으로 불안정해지면 주의 집중이 안 되고 기억을 잘 못 해 일을 망칠 수 있고, 신체적으로 피곤하면 역시 판단력이 흐려져 '아, 나도 모르겠다. 될 대로 되라'는 생각이 들 수 있다. 사고는 부주의에서 비롯되는 경우가 많은데 결국 인지와 판단, 그리고 동작의 실수로 인한 것이다.

　　자잘한 전조 증상이 나타나면 너의 능력과 기분 상태, 신체 상태를 잘 파악해 보고 더 큰 사고가 일어나지 않도록 미리 잘 관리하길 바란다. 어찌 보면 작은 사고가 더 큰 사고를 막아주는 다행스러운 일일 수 있다.

가까울수록 필요한
신뢰와 경계

이 말은 두 가지 의미를 담고 있다. 첫 번째는 가까운 사람일수록 무시하지 말고 잘 배려하며 신경 쓰라는 말이고, 두 번째는 가까운 사람에게 배신당할 수도 있으니 너무 너를 드러내지는 말라는 것이다.

가까운 사람은 날 다 이해해 줄 거라고 생각해 우선순위에서 내려놓는 경우가 많다. 하지만 사랑과 우정도 오고 가는 것이 있어야 하고, 존중과 배려가 반드시 필요하다. 반면, 가까운 사람에게 배신당할지도 모른다는 생각은 좀 마음이 아프고 삭막하게 느껴질 수 있다. 그런 일이 없기를 바라지만, 사회생활을 하다 보면 드물게 겪게 된단다.

실제로 외래 진료를 하다 보면, 사기를 당하거나 배신의 고통 때문에 방문하는 사람들이 자주 보게 된다.

"그 친구가 그런 일을 저지를 줄은 몰랐어요."

"늘 함께 일해 온 동업자가 배신할 줄은 몰랐어요."

이런 하소연을 들을 때마다 안타까움이 컸었다. 배신을 겪게 되면 마음의 상처는 물론이고, 금전적 손해도 치명적이다. 그러니 사람을 잘 판단하길 바란다. 네 곁에 믿을 수 있는 지인이 많기를 바란다. 그 전에 네가 먼저 신뢰받을 수 있는 사람이 되길 바란다.

오랜 친구

자신에게 익숙하고 중요한 것이 별거 아닌 것처럼 느껴질 때가 있다. 가족들이 그렇고, 오래된 친구들이 그렇다. 오래된 친구는 마치 공기와 물처럼 여겨져서 언제나 있겠거니 하는 생각이 들고, 오히려 새로 사귄 사람들이 더 좋아 보이고 나에게 도움 될 것처럼 착각하는 경우가 있다. 그렇지 않다. 학창 시절 친구들이 정말 좋은 친구라고 생각한다. 아무 조건을 보지 않고 그저 마음이 맞아서 순수한 마음으로 사귀게 된 친구들이기 때문이다. 물론 조심해야 할 친구도 있다. 오래된 친구들 중에서도 자기가 아쉬울 때나 필요한 때에만 연락하는 친구는 좋은 친구라고 보긴 어렵다. 그런 사람은 거르길 바란다.

한편, 사귀는 친구들을 보면 그 사람이 어떤 사람인지 알 수 있는데, 그런 면에서 '친구는 그 사람의 거울'이라고 말하는 사람도 있다.

　사회에 나가서 넓은 인간관계를 가지는 것은 좋지만, 가장 소중한 오래된 친구들을 당연시하거나 등한시하지 않길 바란다. 나는 초중고 친구들이 별로 없는데 너는 친구가 많은 점이 참 부러웠다. 돈 주고도 못 살 귀한 친구들이다. 잘 간직하길 바란다.

경계할
필요

 사람과 가까워지면 분위기에 취해서, 또는 상대에 대한 자신만의 환상으로 자신의 모든 걸 다 털어놓는 경우가 있다.

 처음 누군가를 만나 그 사람이 어떤 사람인지 제대로 파악하기도 전에 일부분의 공통점만으로 자신과 통한다는 생각으로, 그 사람을 '어떤 사람'이라고 만들어 놓고 자신의 속 이야기를 스스럼없이 술술 얘기하는 경우가 있는데 그건 좀 주의해야 할 것 같다. 술을 마시고, 혹은 이야기를 하다가 나도 모르게 굳이 말하지 않아도 될 내용까지 털어놓고 집에 돌아가서 후회하는 경우가 종종 있단다.

 신뢰할 수 있는 사람이라는 생각이 순간적으로 들어서 그럴 수도 있겠지만 웬만하면 너무 속속들이 얘기하는 건 조심하길 바란다.

믿는 마음으로 나의 약점이나 치부까지 말한 것이겠지만 상대는 남들에게 네 말을 옮길 수도 있고 네게 좋지 않게 반응할수도 있다. 상대가 처음부터 그럴 생각이야 아닐 수 있겠지만, 감정이나 상황이 변하면, 상대가 어떻게 변할지 모르기 때문에 너의 약점은 되도록 말하지 않는 것이 좋겠다. 실제의 상대 모습은 네가 바라는 이미지와는 다를 수 있다.

고쳐 사귀어야
한다면

고쳐 사귀어야
한다면

사람의 인성은 어린 시절부터 죽 형성되어 오는 것이라서 갑자기 바뀌지는 않는다. 정신과적으로도 어린 시절에 형성된 성격이 대부분의 인생을 지배한다고 알려져 있다. 간혹 바뀌는 경우도 있지만 정말 많은 노력이 들어가야 조금 변화될 수 있다.

성격은 구강기-항문기-남근기-잠복기를 거쳐 청소년기까지 긴 세월이 지나야 어느 정도 형성이 된다. 그 밖에도 타고난 기질과 주변 환경에 의해서 형성된 성격이 어떻게 쉽게 바뀔 수 있겠니? 쉽지 않은 일이다.

네가 어떤 사람과 사귈 때 그 사람의 마음에 안 드는 점까지 포용하고 살 자신이 있으면 사귀어도 좋지만, 정말 마음에

160
161

안 드는 부분을 고쳐서 사귀어야 한다면 그 만남은 실패할 확률이 높다.

'사람은 고쳐 쓰는 거 아니다'라는 말도 있지? 이 말이 과한 측면도 있지만 맞는 부분도 있다. 그만큼 사람이 바뀌기는 쉽지 않다는 말이니, 사람을 사귈 때 감안하기 바란다.

가스라이팅은 연인, 친구, 선후배 등의 가까운 관계에서 발생한다. 한쪽이 다른 한쪽을 세뇌해서 지배하는 관계로, 당하는 사람은 생각과 판단이 흐려져 그 관계가 비정상적이라는 사실을 알아채지 못한다. 사람을 잘 따르고 믿다보면 생길 수 있는 일이니 혹시나 하는 마음에 얘기해준다.

가스라이팅 하는 사람은 너를 조롱하거나 비하하며, 죄책감을 느끼게 만든다. 또 겉으로는 생각해주는 척하지만, 정작 필요로 할 때는 도와주지 않는다. 너의 잘못을 과장하여 너를 잘못된 사람으로 만들기도 한다.

"나 아니었으면 어쩔 뻔했어?"

"너 때문에 기분이 나빠졌어."

"내 덕분에 이렇게 잘 지내는 거야. 내 말만 잘 들어."

이런 말을 자주 사용한다. 이런 사람들과의 관계에서 벗어나기란 쉽지 않다. 벗어나려고 하면 상대가 붙잡을 것이고, 그 관계가 깨지면 세상이 무너질 것 같고 너 혼자 살지 못할 것 같고, 현재 누리고 있는 것들을 모두 잃을 것 같다는 두려움에 빠질 것이다.

하지만 상대가 너를 존중하지 않고 너를 이용한다는 생각이 든다면 과감히 벗어나길 바란다. 그 관계에서 벗어나도 절대 무너지지 않을 것이다. 잠시 두렵겠지만, 그 틀에서 벗어난 후에는 뜻밖의 자유와 자존감을 되찾을 것이다.

비교는 그만,
나만의 길 나아가기

이 말은 워낙에 많이 듣는 말이라, 식상할 것 같아 안 하려고 했지만 그래도 중요한 말이라 또 반복한다. 언젠가 네가 "하고 싶은 일이 있는데 급여가 적어서 고민이야. 남들은 다 잘 버는데 나만 못 벌면 어떡하지?", "취직했는데 나보다 더 학벌 좋은 사람과 비교당하면 어떡하지?"하는 고민을 털어놓은 적이 있었지.

진료실에 찾아오는 사람들도 그와 유사, 현실적인 열등감을 많이 얘기한다.

"제 주변엔 모두 잘 나가고 잘 사는 사람들뿐인데 저만 뒤처지고 능력이 없어요."

"없는 집안에서 태어난 제가 원망스러워요."

주변을 탓하지만 말고 어쩔 수 없는 부분은 받아들이기 바란다. 나도 그 사람들에게 주변에 너무 신경 쓰지 말고 자신의 장점을 용기 있게 발전시켜 나가라고 조언해 주곤 한다. 자신을 믿는 게 중요하다.

그리고, 내 생각엔 하고 싶은 것을 열심히 하다 보면 결국 잘 된다고 생각한다. 열심히 하다 보면 돈이나 성공은 저절로 따라오는 경우가 많다. 무엇보다 '남보다 못하다'.'남보다 뒤지는 것 같다' 이런 생각을 버리기 바란다. 남들은 다 똑똑하고 행복하고 잘 사는 것 같지만 실제로 들여다보면 그렇지 않다. 걱정 없고 열등감 없는 사람은 없다. 할아버지 말씀대로 하루 세끼 밥 먹고 사는 건 다 똑같으니, 아등바등 남과 비교하지 말고 네가 하고 싶은 것을 하면서 너에게 만족하며 살기 바란다.

말을 위트 있게 잘하는 것은 능력이고 장점이지만 너무 말
이 많은 것은 인생에서 마이너스가 되는 경우가 많더구나. 말
이 많아지면 아무래도 실수가 많아지기 때문인 것 같다. 분위
기에 취해서, 기분이 들떠서 하지 말아야 할 말을 하게 되는 경
우가 생긴다. 말을 안 해서 후회하는 경우보다는 말해서 후회
하는 경우가 많다. 하지 말아야 할 말을 해놓고 나중에 후회하
는 것이지. 어떤 말을 하는 게 좋을까, 안 하는 게 좋을까 망설
여지면 안 하는 게 낫다.

　말이 많은 사람들을 가만히 관찰해보면 타인의 관심을 끌
고 싶어 하거나, 자기애적이거나, 세상에 대한 불만이 많거나,
열등감과 외로움을 채우려고 하는 경우가 많다. 옆에 있는 사

람들도 처음엔 재미있어하지만, 점차 지겨워하면서 곁을 떠날 가능성이 높아진다. 말은 되도록 아끼고, 말하는 사람보다 듣는 사람이 되기를 바란다.

한 가지 덧붙이자면 술을 마시고 술김에 말하는 것도 좋지 않다. 내 생각에 술 마셔야만 할 수 있는 말은 안 하는 게 낫다고 생각한다. 과거에 술 마시고 취해서 갑자기 자기 말을 쏟아붓더니 가까워졌다고 생각했는지 "우리 앞으로 편한 친구가 되자, 형하고 아우 하자."고 말한 사람들이 있었는데 실제로 친구가 되고 형과 아우가 된 적은 없었다.

다양한 관점을 듣고
신중한 판단을

어떤 일이나 사건이 발생했을 때 무엇이 옳은지 잘 모를 때가 있다. 그런 경우, 주관적인 느낌대로 함부로 판단하지 말고 두루두루 주변 이야기를 잘 듣고 살펴보고 판단하길 바란다.

과거에 병원에서 야간 당직을 설 때, 어떤 부인이 술에 취한 남편을 응급실로 데리고 와서 남편이 알코올 중독자라고 입원을 시켜달라고 했었다. 나는 술에 취해 있길래 부인 말이 맞는 줄 알았는데 알고 보니 전혀 술도 못하는 남편에게 술을 마시게 해서 데리고 온 것이었다. 속을 뻔했었지. 그 뒤로는 여러 명의 가족 이야기를 듣고 환자를 객관적으로 판단하려고 노력한다.

너희들도 어떤 일을 판단할 때 한쪽의 이야기만 듣지 말고 다른 쪽 상대방의 이야기도 듣고 객관적으로 판단할 수 있는 능력을 키우길 바란다.

아, 그리고 아무리 열심히 이야기를 들어보아도 누가 옳은지 판단하기 어려운 경우도 많다. 어떤 상황이나 사건이 누구의 잘못도 아닌 채 발생하는 경우가 많고, 그런 상황에선 자기 입장에서만 얘기할 수밖에 없기 때문에 특히 판단 내리기가 어려운 것 같다. 너무 복잡해서 판단하기 어려운 경우에는 섣부른 결론을 내지 말고 그대로 두는 것도 하나의 방법이다.

한 가지 사건이나 사실에 대해 다양한 시각이 있을 수 있다. 어떤 사건에 대한 신문기사도 각 신문사의 성향에 따라 논조가 제각각 다르단다. 그래서 앞에서도 말했지만, 한쪽의 입장에서만 바라보지 말고 이쪽 편에서도, 저쪽 편에서도 바라봐야 한다.

역사적인 사건이나 인물에 대한 평가도 시대와 장소에 따라 다르다는 것은 잘 알고 있지? 간단한 예로 전쟁이 벌어졌을 때 가해자와 피해자의 주장이 서로 다르지 않겠니? 미국의 백인 정착민과 인디언 원주민 사이의 갈등도 같은 맥락이다.

직장이나 학교에서의 갈등 때문에 정신과를 방문하는 경우도 있는데, 이야기를 듣다 보면 피해자와 가해자가 헷갈리는 경우가 있다. 피해자가 먼저 상황을 조장한 경우라든지, 가해자의 행동이 고의가 아니었던 경우도 있어서 어느 한쪽 편을 들기 난처했던 때가 있었다.

 너도 결국은 너의 입장과 생각에 따라 판단하고 결정할 수밖에 없겠지만 적어도 입장 바꿔 생각해 볼 수 있는 균형 잡힌 시각을 갖길 바란다. 그래야 조금이라도 공정한 판단을 할 수 있을 것이다.

적당한
눈치

　성실하게 일을 잘하는 것도 사회생활에서 중요하지만, 눈치 있게 행동하는 것도 그에 못지않게 중요하다. 나도 그다지 눈치 있는 편은 아니라서 사회생활 하는데 고생을 좀 했다. 눈치라는 게 타고난 것도 있지만, 노력으로도 약간은 생기는 것 같다. 상대가 무엇을 원하는지, 혹은 싫어하는지, 그리고 무엇을 필요로 하는지 등을 미리 알아차리면 일이 수월해지는데, 그러려면 일단 상대방에 대한 관심이 있어야 한다. 상대의 말투, 표정, 행동 등을 잘 살펴보면 상대의 의중을 미리 눈치챌 수 있다. 그리고 주변 사건이나 상황에 대한 궁금증을 갖는 것도 도움이 된다.

　물론 남의 눈치를 많이 보는 것이 자존감이 낮다는 안 좋은 의미로 해석될 수 있다. 그러나 자존감을 지키면서 적당한 눈치를 보고 자신의 목소리를 적절하게 낸다면 오히려 사회생활에 도움이 될 수 있다. 눈치는 중요한 사회적 기능의 하나로 상대를 배려하고 헤아린다는 좋은 의미를 담고 있으며 사회생활의 윤활유가 된다.

　과도하게 상대의 눈치만 살펴서 행동하지는 말되, 어느 정도 눈치껏 행동은 하기 바란다.

과거에 모두가 '네'라고 할 때 '아니오'라고 말할 수 있는 용기가 필요하다고 한 어느 광고를 본 적이 있다. 사회생활을 하다 보면 그런 경우에 종종 부딪힌다. '네'라고 말하자니 나중에 분명히 화가 미칠 수 있는 옳지 않은 일이고, '아니오'라고 말하자니 지금 당장 내게 불이익이 닥칠 것 같은 경우가 있다. 그래도 경험상 내 생각에 아닌 것은 '아니오'라고 말하는 것이 옳다고 생각한다. 어느 쪽이든 불이익이 있겠지만 규정이나 법을 어기는 것이 더 큰 문제가 되기 때문이다.

　잘못된 것임을 알고도 현재의 두려움과 난처함을 회피하려고, 또는 무조건 상대에게 맞추려고 '아니오'라고 하지 못한다면 내 올바른 생각과 주장을 접어버리는 용기 없는 행동이다.

잘못된 세상일들도 언젠가는 결국 제자리로 돌아온다. 잘못된 일은 잘못되었다고 말하고 네 일을 묵묵히 잘하면서 버티면 세상은 결국 너의 정직함과 진정성을 인정하고 알아줄 것이다. 용기를 갖길 바란다.

경쟁에서
한 발짝 물러나면

　남이 잘되면 배 아파하고 질투하고, 심지어는 그를 끌어내리려고 비난하는 사람들을 꽤 많이 보았다. 성공하거나 잘 된 사람을 보면 축하해주고 싶고 나도 그처럼 잘될 수 있도록 노력해야겠다는 생각이 들어야 하는데, 그렇지 않은 사람들이 많은 것 같다. 물론 나도 성공한 사람이 부럽기는 하지만, 나는 나대로 사는 방식이 있으니 질투하는 마음까지는 들지 않는데 생각보다 그렇지 않은 사람들이 많은 것 같다. 나라는 좁은데 인구는 많은, 경쟁적인 사회라서 그럴 수도 있겠지만 바람직하지 않다고 생각한다.

　질투하지 말라고 말은 했지만, 질투 자체가 무조건 '악'은 아니라고 생각한다. 미숙한 심리 기전이긴 하지만, 타인과의 경쟁에서 이겨 더 잘되고 싶은 마음의 동력을 가져다줄 수 있기 때문이다. 그러나 질투가 동기를 북돋는 에너지로 작용하는 것을 넘어서 그로 인해 상대방을 비난하고 자신의 열등감만 키우게 만든다면 잘못된 것이니 그러지 않도록 조심하길 바란다.

　네 주변에 잘 된 사람이 있다면 그의 능력과 노력을 존중하고 인정해 주고, 너는 너대로의 목표에 집중하길 바란다.

버티는 자에게
축복이

잘못된 세상일은 고쳐서 바로잡아야 하지만 살아보니 그게 그렇게 쉽지만은 않더구나. 잘못된 일이 바로잡힐 때까지 오랜 세월이 걸리고, 심지어는 끝내 제대로 바로잡히지 않을 수도 있다. 그래서 하는 말인데, 네가 잘못된 세상일에 부딪혀 어려움을 겪는다면, 다시 바로 잡힐 때까지 그 안에서 기회를 보고 버티면서 그동안의 너의 시간을 소중히 쓰길 바란다. 무력하고 피동적으로 생각될 수도 있지만, 잘못된 세상의 흐름을 거슬러 내 생각을 관철하기란 정말 쉽지 않기 때문에 하는 말이다.

내가 '버틴다'라는 말을 썼는데 인생을 살아 나가는데가장 필요한 말이라고 생각한다. 한때 유튜브에서 미국 대학의 졸업 축사 영상이 인기 있었던 때가 있었다. 난 스티브 잡스처럼 유명 인사의 연설도 좋았지만, 어느 평범한 졸업생 아버지의 축사가 정말 가슴에 와닿았다. 힘들 때마다 그 아버지가 되새겼던 말은 '그냥 서 있어라, 버티거라.' 바로 이 말이었다.

이런 말이 필요 없게끔 나는 네가 세상 속에서 억울하게 다쳐서 상처받지 않기를 기도한다.

세상에 모두
옳은 사람은 없다

    간혹 자신이 무조건 다 옳다고 주장하는 사람을 만나게 되는데 매우 위험한 사람이라고 생각한다. 나는 이제까지 살면서 다 옳기만 한 사람을 만나보지 못했다. 사람은 누구나 부족하고 잘못된 구석이 있기 마련이다. 특히 대인관계나 사회생활은 상대적이기 때문에 어느 한쪽이 다 옳을 수는 없다. 그런데도 자기 생각과 판단이 다 옳다고 주장하고 무조건 밀고 나가는 사람이 있는데 정말 미숙하고 잘못된 사람이다.

    자신이 틀렸으면 틀린 부분만 고치면 되는데 그렇게 못하는 사람은 자신이 틀렸다는 사실을 인정하면 자신의 존재 자체가 부정당한다는 생각을 갖기 때문인 것 같다. 그까짓 것 하나 틀린다고 내가 무너지는 것도 아닌데 아득바득 자신만이 옳다고 우긴다면 자존감이 낮은 사람이라고밖에 해석할 수 없다.

배우고 익힌 사람일수록 겸손한 법이다. 어설프게 알고 잘못된 신념으로 밀어붙이는 것만큼 위험한 건 없다.

내가 전공의 시절에 의국에서 교수님의 전화를 받는 순간 일감이 떨어지는 일이 다반사였다. 그래서 서로 의국 전화를 받지 않으려고 안간힘을 썼다. 나는 마음이 약해 의국 전화를 자주 받는 바람에 교수님이 지시하신 일을 많이 맡게 되었다. 당시엔 왜 나만 발표 자료를 만들어야 하고, 기사를 써야 하고, 교재를 만들어야 하고, 시험문제를 내야 하는지 불만이 많았는데, 지나고 보니 그 모든 경험이 나중에 큰 도움이 되더구나.

교수가 되고 나니 전공의 때 해왔던 일 그대로를 하게 되어 한결 수월했다. 발표 자료도, 기사도, 교재도, 시험문제도 모두 익숙한 일들이라 어렵지 않게 해낼 수 있다.

요즘에 네가 회사에서 하는 일들이 너의 경력을 쌓는 데 도움 되지 않는다고 고민과 불평이 많던데, 비록 그렇더라도 기왕에 주어진 일이라면 그 속에서 스스로를 발전시킬 수 있는 방법을 찾아보길 바란다.

　부당한 일을 굳이 할 필요는 없겠지만, 젊은 시절 네가 할 만한 일은 피하지 말고 배우는 자세로 임해보는 것도 좋을 것 같구나. 언젠가는 도움이 될 것이다.

혼자서는 힘든 세상,
함께하는 힘

　나는 세상을 살아가면서 남의 도움을 받지 않고 살았으면 좋겠다는 생각을 많이 했다. 성격상 아쉬운 소리를 하기 싫었다. 그렇지만 나만의 힘으로 모든 것을 해결하기란 거의 불가능했다. 내가 어려울 때는 도움을 요청할 수밖에 없었다. 너에게도 그런 경우가 닥칠 때, '상대가 싫어하면 어떡하지?' 걱정하지 말고 적극적으로 도움을 요청하기 바란다. 최악의 경우 거절밖에 더 하겠니? 도움 없이 너 혼자 하려다가 잘못된 결과를 받아들고 괴로워하는 것보다는 자존심 좀 상하더라도 도와달라고 말하는 편이 낫다.

　얄팍한 자존심을 내세우며 도움받을 시기를 놓쳐 후회하지 말고 용기 있게 도움을 요청하길 바란다. 병도 어디가 아프다고 말해야 제대로 치료받을 수 있듯이 너의 어려움도 주변에 말해야 빨리 해결할 수 있다. 모든 것을 네가 다 해결할 수는 없는 노릇이다. 대신 각양각색의 조언 중에서 네게 맞는 것을 찾는 건 너의 몫이다.

생각보다 세상에 따뜻한 사람이 많다. 뜻밖에 상대방이 잘 도와줘서 놀란 적도 몇 번 있었다. 하지만 잊지 말고, 나중에 은혜를 갚기 바란다. 그 사람도 혼자 모든 걸 다 해결할 수는 없으니, 네가 분명히 도와줄 일이 있을 것이다.

기분 나빴던 어제 일은 다음 날 잊어버리길 바란다. 내 자존심을 짓밟은 잊을 수 없는 일이야 잊을 수 없겠지만, 살다가 일어나는 그저 그런 사소한 다툼이나 작은 일들은 그냥 잊어버리길 바란다. 마음에 담아두고 있어 봐야 다음 날 일도 손에 잘 안 잡히고, 그 사람을 보기만 해도 화가 치밀 뿐이다. 아마 그 사람도 내가 싫어서 그랬던 건 아닐지도 모른다. 함께 일하다 보니, 살아온 과정이 다르다 보니, 그리고 서로 생각이 다르다 보니 부딪힌 것일 뿐이다. 그 사람이 그렇게 나쁜 사람이 아니라면 용서하고 훌훌 털고 잊어버리길 바란다. 아니, 굳이 용서할 필요도 없다. 그냥 내 마음 편하기 위해서라도 잊어버리길 바란다.

혹자는 "어떻게 감정이 하루아침에 리셋될 수 있어요?"하고 반문하지만 노력하면 그렇게 될 수 있단다. 나 같은 경우는, 어떤 사람과의 안 좋은 일들을 마음속으로 한번 정리한 뒤엔, 그 생각을 멈추고 의식적으로라도 안 떠올리려고 노력한다. 생각을 미루다 보면 잊혀지는 것 같다. 그리고 상대가 그럴 수밖에 없었던 점과 과거에 상대의 좋았던 점을 생각해 보고 용서하거나 이해하려고 노력한다.

다행히 인간은 기억과 함께 망각이라는 좋은 기전을 가지고 있다. 지워지지 않고 쌓이기만 하는 기억만 있다면 고통스러울 텐데 망각의 기전이 있어 얼마나 다행인지 모르겠다. 안 좋은 감정에 휩쓸려 시간을 보내지 말고 너 자신을 위해서라도 너를 괴롭히는 생각과 감정은 빨리 잊어버리길 바란다.

　아무리 옳은 말이라고 하더라도 상대에게 너무 아픈 말은 하지 않으면 좋겠다. 성인군자가 아닌 이상 자신의 부족한 점을 지적당했을 때, 편안하게 받아들이는 사람은 드물다. 가끔 고맙게 여기는 사람도 있겠지만 대부분은 불쾌해하는 게 일반적이다. 더구나 순간적으로 화가 나서 욱하는 마음에 쌓였던 말을 쏟아붓는 경우, 아무리 맞는 말이라고 하더라도 너의 아픈 말에 상대의 분노는 심해져 일이 그르쳐질 수 있다. 상대는 이미 자신의 문제를 알고 있고, 감추고 싶은 내용이었는데 지적당했기 때문에 감정적으로 더 격앙될 것이다. 열등감이 자극되면 누구나 감정에 휘둘려 제대로 된 처신을 하지 못한다. 그러니 굳이 상대를 끝까지 몰아붙일 필요는 없을 것 같다.

내 경험상 최대한 감정을 배제한 채, 있는 사실을 부드럽지만 단호하게 얘기해주는 방법이 가장 효과적이었다. 상대가 너무 아프지는 않게, 그러나 내 할 말은 분명하게 전달하는 것이 좋겠다. 그리고 네가 설혹 좋은 의미로 충고해 주고 싶을 때도 상대가 받아들일 수 있는 수준만큼 말을 해주는 것이 좋겠다. 그 이상을 이야기해 준다고 해도 상대는 받아들이지도, 바뀌지도 않을 것이기 때문이다.

다른 사람이 보지 않는다고 몰래 나쁜 짓을 하지 말기 바란다. 어릴 때 초등학교에서 들은 잔소리 같지? 그렇지만 성인이 되어서도 마찬가지란다. 몰래 나쁜 짓 하는 사람은 생각보다 많단다. '남이 안 볼 때 몰래 쓰레기 버리기, 남이 안 볼 때 몰래 교통신호 어기기, 남이 안 볼 때 몰래 물건 가져가기' 등 예를 들자면 끝도 없단다. 기본적으로 양심을 속이는 일이지. 다른 걸 떠나서, 남이 안 볼 때 어긋나는 행동을 하면 결국 내게도 불이익이 따르더구나. 실제로 몰래 교통신호를 어긴 적이 있는데 CCTV에 찍혀 범칙금이 날아온 적이 있었다. 그러나 그보다 더 큰 불이익은 정신적인 스트레스였단다. 신호를 어긴 뒤 '혹시 걸렸으면 어떡하지?'라는 걱정에 며칠 동안 계속 마음이 불행했다. 그때 깨달았단다. 내 마음의 평화를 위해서라도 남이 안 볼 때 나쁜 짓을 하지 않기로 했다. 너도, 남이 아닌 너 자신을 위해 규칙을 잘 지키기 바란다.

한 가지 덧붙이자면, 큰일에만 신경 쓰고 사소한 일은 무시하고 작은 규칙들은 안 지키는 사람이 많은데 볼 때마다 안타까운 마음이 든다. 사소한 일을 잘 지키는 습관이 너를 더 나은 사람으로 만들어 줄 것이다.

　너희들은 착해서 그런지 남의 말을 너무 잘 믿는 것 같아서 약간 걱정된다. 세상 사람들이 다 거짓말을 안 하고 순수하고 착하면 이런 걱정을 안 하겠는데 그렇지 않은 사람들도 있기 때문에 염려된다. 보통 거짓말을 하는 사람들은 '이 모든 것이 다 너를 위해서야'라고 말하지만, 정말 너를 위한다면 그렇게 솔깃한 말만 해줄 리는 없다. 무조건 상대를 의심하는 것도 좋지 않지만, 만약 의심된다면 상대의 시선이나 제스처, 말투, 내용 등을 잘 보면서 진실을 말하는지 거짓을 말하는지 파악해 보길 바란다. 거짓말을 할 때 눈을 잘 마주치지 못하고, 눈을 깜빡이며 동공이 흔들리는 경우가 많다. 또 표정도 어색해지고, 제스처가 산만해지며 말투가 불안정하게 변하기도 한다.

거짓말은 아니지만, 유사한 경우도 마찬가지다. 예를 들어, 홈쇼핑 TV에서 "이제 시간이 몇 분밖에 안 남았습니다. 끝나기 전에 일단 빨리 사고 다시 결정하셔도 됩니다."라는 말에 혹해서 물건을 산 적도 있지 않니? 상대방의 말에 순간적으로 혹해서 도움 되지 않는 결정을 하지 않길 바란다. 또 다수가 선택한다고 무의식적으로 따라가지 않길 바란다.

어떤 사업이나 일을 시작할 때는 특히 신중해야 한다. 상대방의 말을 들으면 다 성공할 것 같고, 이번이 마지막 기회일 것 같고 마음이 급해지는 경우가 있는데, 그럴 때 특히 조심해야 한다.

남의 말을 함부로 믿지 말고, 일단 참고만 한 뒤 천천히 시간을 갖고 신중하게 다시 한번 알아보길 바란다. 기회가 왔을 때 빨리 잡는 것도 좋지만, 나중에 더 좋은 기회가 오는 수도 많단다.

불안정한 순간에
결정을 내리지 말아라

　진료를 하다 보니, 환자들이 최악의 상황에서 인생의 중요한 문제들을 잘못 결정하는 경우가 많더구나. "그렇게 바로 결정하지 마시고, 시간을 두고 좀 생각해 보시고 결정하셨으면 좋겠다."고 말씀드리는데 너희들에게도 같은 말을 해주고 싶다.

　안 좋은 큰일을 겪어 우울하거나 불안할 때, 섣불리 결정을 내리게 되면 실수하기 쉽다. 예를 들어, 이혼이나 사직 등의 중요한 일들을 우울감에 덜컥 결정해 버리고 후회하는 경우가 그렇다. 너무 힘들고 어려워서, 앞이 안 보이니까, 모든 게 끝난 것처럼 느껴져서, 그런 결정을 내리는 경우가 많다. 하지만 조심해야 한다. 판단력이 일시적으로 흐려져서 나중에 후회할 결정을 하는 사람이 꽤 많다.

1945년, 처칠 영국 총리, 루스벨트 미국 대통령, 스탈린 소련 서기장이 참석한 얄타회담에서 심장병과 불면증 등으로 심신이 불안정했던 루스벨트가 회담에 집중하지 못하고, 소련의 술수에 말려들어 좋지 않은 회담 결과를 초래한 것도 그 한 예가 될 수 있겠다.

아무쪼록 몸과 마음이 지친 상태에서는 잠시 안정시키고, 좀 더 상황이 나아진 뒤, 혹은 여유가 생긴 다음에 인생의 중요한 결정을 내리길 바란다. 스트레스 상황에서 잘못 결정을 했다가 나중에 돌이킬 수 없게 되어 후회하는 사람들을 많이 보아왔기에 이 얘기를 하는 것이다.

영화에서 순간의 감정으로 사랑이 싹터 갖은 우여곡절을 겪다가 끝내 비극적인 사랑으로 결말을 맺는 걸 본 적이 있지? 목숨까지 바친 사랑 이야기도 있더구나. 나도 그 순간은 영화에 푹 빠져 사랑의 아름다움에 감동하지만, 영화가 끝나면 다시 현실로 돌아오게 된다. '불꽃 같은 그 사랑이 순간의 감정은 아니었을까? 순간의 감정으로 비극적인 선택을 하는 것이 바람직한 것일까? 그 감정이 과연 변하지 않을 수 있었을까?' 너무 메마르고 차가운 얘기처럼 들릴 수도 있지만, 한 번쯤은 생각해 볼 만한 주제인 것 같다.

생물학적으로 말한다면, 초기의 불같은 사랑은 뇌에서 분비되는 도파민, 옥시토신, 아드레날린이 역할을 하지만 계속 유지되기는 쉽지 않다. 서로를 위해 열정의 시간이 지난 뒤엔 한 발짝 물러서서 서로를 파악하고 이해할 시간과 여유가 필요하다.

물론 사랑은 사람을 아름답고 풍부하게 만들어 주지만, 초기의 불꽃이 지나간 뒤에도 지속되는 편안한 사랑을 경험하면서 너의 감정을 헤아려 보길 바란다. 가끔 서로를 지치게 하고, 얽매이게 하는 사랑을 진정한 사랑이라고 착각하는 사람들도 있다. 서로를 발전시키는 사랑이 좋은 사랑이며, 그 안에는 배려, 인내, 책임이 뒤따른다.

별거 아닌
세상

이 말은 세상이 별거 아니니 그냥 무시하라는 뜻이 아니다. 네가 겁이 많고 걱정이 많은 성격이라, 너의 성향을 고려해서 하는 말인데, 세상일에 부딪혀보면 생각보다 별거 아닌 일도 많으니 지레 겁먹지 않았으면 좋겠다는 뜻이란다. 나 역시 멀리서 보면 굉장한 일처럼 보이거나, 범접할 수 없을 것처럼 보였던 사람들이, 막상 가까이 가서 겪어보니 나도 할 만한 일이었고, 그 사람도 그리 대단한 존재가 아니었던 경우가 있었단다. 안 해봐서 그렇지, 너도 해보면 할 수 있다.

언젠가 네가 성취한 결과를 두고 '운이 좋아서 어쩌다 나온 결과'라고 말한 적 있는데, 그렇지 않다. 설령 운이 따랐다 해도 운도 실력이다. 네가 이룬 결과물은 너의 노력과 능력 덕분이다. 그러니 너를 믿고, 너에 대한 좋은 칭찬과 평가도 한 번쯤은 믿어보길 바란다.

네가 대단하다고 생각하는 사람들도 모든 걸 잘 알아서 일을 처리하는 건 아니다. 상식적인 판단, 꾸준한 공부, 그리고 쌓인 경험이 중요하다. 병원에서 아무리 똑똑한 젊은 의사가 최신 의학 지식을 가지고 주장해도, 나이 많은 의사의 경험을 이기기란 쉽지 않다.

막상 도전해 보면 별것 아닌 세상일도 많다. 너무 걱정하지 말고, 잘 계획해서 꾸준히 실행하는 용기를 갖길 바란다.

살다 보면 작은 일에 너무 신경을 쓰고, 불필요하게 에너지를 낭비하는 경우가 있는데 너희들은 되도록 그런 일에 휘둘리지 않길 바란다. 작은 일의 정의는 사람마다 다르고, 각자가 신경 쓰는 부분이 다르겠지만, 그 일이 사는 데 있어서 크게 문제가 되지 않는다면 그냥 넘어가길 바란다. 내 인생에 크게 영향을 미치지 않는 작은 일들은 굳이 붙잡고 고민하기보다는 자연스럽게 지나가도록 내버려 두는 것도 괜찮은 방법이다. 사소한 일들을 처리하느라 스트레스도 많이 받을 뿐만 아니라 쓸데없는 시간을 소비하게 되기 때문이다. 물론 그 당시엔 사소한 일이 중요하게 느껴지고, 마음에 걸려 다음 일을 진행하지 못할 수도 있다. 하지만 시간이 지나면 아무것도 아니었다는 걸 느끼게 된다. '왜 내가 그렇게 예민하게 반응했을까?' 후회하게 된다.

시간이 많은 부분을 해결해 주는 법이다. 그러니 작은 일을 처리하느라 과도한 스트레스를 받지 않길 바란다. 작은 일에 힘을 다 쏟아버리면, 정작 해결해야 할 더 중요한 일들은 들여다보지도, 집중하지도 못하게 된다.

이 말은 너희 친할아버지가 하신 말씀이다. "제가 개업을 해서 돈을 좀 벌어볼까요?", "학교에 남아서 교수를 할까요?" 고민하니까 너희 친할아버지가 부자든 아니든 하루 세끼 밥 먹고 된장찌개 먹는 건 똑같으니 너무 돈, 돈 거리며 살지 않았으면 좋겠다고 하셨다. 몸 건강하고, 돈 없어서 굶어 죽지 않으면 되었으니 그냥 네가 원했던 교수를 했으면 좋겠다고 말씀하셨다. 그래서 난 학교에 남아 교수가 되기로 했다. 할아버지, 할머니가 학생을 가르치는 선생님을 하셔서 그런지 가르치는 직업이 무척 좋아 보여서 선생이라는 직을 선택한 것도 같다.

너도 돈 많이 버는 것에만 매달리지 말고 네가 하고 싶은 일을 하면서 마음 편히 살았으면 좋겠구나. 살아보니 할아버지 말씀대로 가장 중요한 건 자기가 하고 싶은 일 하면서 건강을 챙기면서 편안하게 사는 것이지, 돈이 다는 아닌 것 같다.

받은 것보다
더 베푸는 삶을 살아라

이 말은 네 친할머니가 자주 해주시던 말씀이란다. 남에게 신세를 지지 말고 베풀며 살고, 만약 신세를 졌으면 받은 것보다 더 많이 베풀라고 말씀하시곤 했다. 상대방에게 받은 것보다 늘 더 챙겨 보내주셔서 어린 마음에 어떤 때는 좀 아깝기도 했었다. 그런데 나도 그렇게 해보니 그 사람도 고마워하고 무엇보다 내가 마음이 편해지더구나.

남들에게 베풀고 사는 게 겉보기엔 남을 위한 일인 것 같지만, 결국은 나를 위한 길이란 것도 깨달았다. 또 베푼다고 내 것이 줄어들지 않는다는 것도 알게 되었다. 다른 사람은 어떨지 모르겠지만, 내가 받는 기쁨보다 내가 주는 기쁨이 더 컸다. 내가 준 선물을 받고 상대가 기뻐하는 모습, 내가 기부한 돈으로 누군가가 행복해하면서 사는 모습을 상상만 해도 마음이 행복해진다. 너도 그러길 바란다.

　그렇다고 무조건 손해만 보고 베풀며 살라는 말은 아니다. 세상 이치가 네가 사람들에게 베푼 것만큼 또 많은 부분이 돌아오게 마련이다. 그런데 네가 베푸는 것을 당연하게만 여기고 호의를 이용한다면 그 사람과 멀리하는 게 좋겠다. 적어도 염치가 있고 받을 만한 자격이 있는 사람에게 베푸는 게 맞다고 생각한다.

단순한 일상이
주는 행복

　네가 언젠가 "매일매일 그날이 그날이라 지루하다."고 말한 적이 있었지? 내가 "그런 단순한 일상이 지나고 보면 행복이란다."라고 대답한 기억이 난다. 나도 너처럼 매일 집과 직장만 시계추처럼 오가며 따분함을 느꼈던 적이 있었다. 그래서 네 마음을 이해할 수 있다. 그런데 말이다. 어쩌다 감당하기 어려운 큰일이 닥칠 때면 그런 단순하고 무료한 일상이 얼마나 그리웠는지 모른다. '아, 그때는 행복했는데, 제발 그 시절로 돌아갈 수만 있다면 정말 좋겠다.'라는 생각이 저절로 들었다. 부모님이 편찮으셨을 때, 직장 일이 힘들었을 때, 너희들에게 괴로운 일이 닥쳤을 때 그런 생각이 들었다.

　이런저런 책을 읽어보아도, 여러 사람들의 이야기를 들어보

206
207

아도, 행복은 그저 현재의 소소한 일에 만족하며, 오히려 행복에 집착하지 않을 때 비로소 느낄 수 있는 것이라고 한다. 아무 일 없는 편안하고 무료한 일상이 얼마나 소중한지 얼마나 행복한 시간인지 감사하며, 매일 반복되는 보통의 삶을 온전히 만끽하길 바란다.

매일
행복할 수는 없다

'난 매일 행복했으면 좋겠다'라고 소망하는 사람도 있겠지만, 대부분은 어쩌다 가끔 행복감을 느낄 뿐이란다. 매일 행복에 겨워 사는 사람은 없지. 아마 그런 사람이 있다면, 자기감정을 속이거나 자신의 감정을 잘 모르는 사람일 것이다.

힘든 일을 겪어보고 좌절도 해봐야 행복을 잘 알게 되는 것 같다. 아픔을 모르는 사람은 타인의 감정도, 자신의 감정도 제대로 느낄 수 없다. 내 경우에는 잠깐의 행복을 추억하면서 평생을 살아갈 힘을 얻는단다. 예를 들어, 너희들이 어릴 때의 천진난만하고 귀엽던 모습을 생각할 때마다 행복감을 느끼곤 한다.

너희도 순간의 행복을 만끽하고, 그것을 추억으로 간직하

208
209

며, 어쩌다 닥치는 힘든 날들을 잘 이겨내길 바란다. 행복하지 않은 힘든 날들도 네 인생의 일부이니, 기꺼이 받아들이길 바란다.

끝으로 곰돌이 푸의 말을 옮겨본다. '매일 행복하진 않지만, 행복한 일은 매일 있어.'

매일 행복하진 않지만,
행복한 일은 매일 있어

운동은 만병통치약,
계속 움직여라

너무 당연한 말이지만 나이가 들수록 뼈저리게 운동의 중요
성을 느끼기에 네게도 꼭 알려주고 싶다. 특히 코로나를 겪으
면서 운동이 얼마나 중요한지 더욱 절감했단다. 많은 노인 환
자분들이 코로나 시기에 집 안에만 갇혀 운동을 전혀 하지 못
한 끝에 결국 노쇠해서 세상을 떠나셨단다. 그분들을 생각하
면 지금도 마음이 아프다.

운동을 멈추는 순간, 인생도 멈춘다고 생각한다. 혹자는 '아
파서 운동을 못 하겠다'고 하지만, 실상은 그 반대일 수 있다.
운동을 안 해서 아픈 거란다. 신기하게도, 운동을 하면 통증이
사라지는 경우가 많단다.

나는 그렇게 하지 못했지만, 너희들은 젊을 때부터 몸을 잘

관리하기 바란다. 나는 정신건강의학과를 전공해서 주로 정신에만 신경을 쓰고 살았는데, 몸이 건강해야 정신도 건강하다는 것을 요즘에서야 비로소 깨달았다. 몸을 움직이면 우울증도 예방되고, 인지기능도 향상되며, 숙면에도 큰 도움이 된다. 화병도 생기지 않고 불안 증상도 줄어든다. 생물학적으로도 세로토닌, 엔도르핀, 뇌유래신경영양인자 등이 증가하여 정신이 맑아진다. 네가 언젠가 브레인 포그 증상을 질문했었지? 머리에 안개가 낀 것처럼 멍한 느낌이 계속되어 집중력과 기억력이 떨어지는 현상인데 이 역시도 운동 부족으로 나타나는 경우가 많다. 브레인 포그를 예방하고 치료할 수 있는 가장 좋은 방법은 바로 운동이다. 운동을 통해서 몸과 뇌에 쌓인 노폐물을 배출하면 머리가 맑아진다. 그야말로 운동은 만병통치약이다. 건강하면 다 가진 것이라는 말도 있듯이 행복의 원천은 건강에서 온단다.

죽는 순간까지 운동하고 움직이길 바란다. 운동이 주는 신기한 효과를 꼭 느껴보길 바란다.

건강하게
몸과 마음을 유지하려면

20대는 인생의 첫 단추가 끼워지는 시기이다. 가장 건강하고 아름다운 시기이므로 이때 몸과 마음을 잘 가꾸어 놓는 것이 중요하다. 그러면 자기도 모르게 자신감이 생기고 일을 성취하는 데에도 많은 도움을 얻을 수 있다. 먹는 것을 좋아하는 너에게 계속 스트레스를 주면서 먹는 것을 자제하고 체중을 관리하라고 하는 것은 여러 가지 이유가 있다. 건강을 생각해서 잔소리하는 게 가장 큰 이유이고, 자기 관리를 못 하는 사람으로 비칠까 봐 안타까워서 잔소리하는 것이 두 번째 이유이다. 물론 남들 눈에 보여지는 것 때문에 체중을 조절하라는 건아니다. 가장 아름답고 빛나는 시기에 신체적인 건강과 아름다움을 등한시하는 것이 안타까워서 관리를 하라는 것이다.

맛있는 음식을 먹으면 도파민이 방출되는데, 비만한 사람은 그 조절이 잘되지 않고 신경보상회로에 문제가 생겨 체중 관리에 실패한다고 한다. 그리고 이왕이면 좀 더 건강한 음식을 먹었으면 좋겠다. 아무리 살을 빼라고 말해도 내적 동기가 활성화되고 지속되지 않는다면 아무 소용이 없다. 스스로 내적 동기를 계속 강화하도록 노력해야 한단다.

건강한 정신을 위한 멘탈 관리도 중요하지만, 체중 관리를 통한 신체적인 성숙 역시 중요하다고 생각한다.

덧붙여서, 체중이 증가하면 아무래도 몸이 둔해져 꾸준하게 일을 하는데 방해가 되고, 쉽게 지치고 짜증이 나서 정신력에도 문제가 생긴다. 그런 여러 가지 이유로 네가 몸을 잘 관리했으면 좋겠다.

홀로 서는
연습

　내 생각에 시간이 갈수록 혼자 사는 사람들이 많아질 것 같다. 결혼과 자녀가 더이상 필수가 아닌 세상이 되었기 때문이다. 물론 네가 누군가를 만나 함께 살아가게 되겠지만 그렇다고 해도 둘이 동시에 세상을 떠나기는 불가능하다. 또한, 네게 맞는 사람이 나타나지 않는다면 결국 혼자 살아갈 수도 있기 때문에, 혼자 사는 연습은 해두는 것이 좋다고 생각한다.

　의식주를 스스로 관리하는 것은 기본이겠고, 정신적인 면도 스스로 조절할 수 있어야 한다. 혼자 살면 편한 면도 많지만, 외롭고 답답할 때도 많다. 기쁨과 슬픔을 함께 나눌 사람이 없기 때문에, 혼자만의 감정과 스트레스를 다스리는 방법을 익혀 두길 바란다.

그리고, 둘이 함께 산다고 해도 혼자만의 시간은 꼭 필요하다고 생각한다. 혼자만의 시간은 내가 어떤 사람인지, 또 지금 나의 감정이 어떤지에 대해서 많은 생각을 하게 해준다. 유명한 미국 배우 마릴린 먼로는 '혼자 있을 때 난 내 자신으로 되돌아간다. 성공은 공공연하게 만들어지지만, 재능은 혼자 있는 시간에 태어난다.'라는 말을 남겼다. 혼자만의 시간은 외롭기도 하지만, 나의 가능성과 능력을 발견할 수 있는 소중한 시간이기도 하다.

인생에서, 좋은 벗이 하나라도 있다면 다행이겠지만, 아닐 수도 있으니, 독립성을 기르고, 정신적으로 신체적으로 성숙해지길 바란다. 무엇보다, 건강을 최우선으로 관리하길 바란다.

유튜브보다
책

젊은 세대들이 아날로그보다는 디지털에 익숙하니 아무래도 책보다는 게임이나 유튜브를 즐기는 것 같다. 책이 지루하다고 생각할 수도 있겠지만, 책에는 많은 장점이 있단다. 막상 읽기 시작하면 재미도 있을 뿐만 아니라, 상상의 나래를 펼칠 수 있어 너의 사고를 더욱 창의적이고 자유롭게 만들어준다. 예를 들어, '도깨비가 나타났다'라는 글을 읽으면 머릿속으로 도깨비를 상상할 수 있지만, 영상은 이미 정해진 틀 속에서 이미지를 보여주니 스스로 상상할 필요가 없어진다.

책을 읽는다고 해서 내가 어떻게 성장했는지 명확한 증거를 댈 수는 없지만, 내 생각을 넓고 깊게 만들어 준 것 같다. 또 어떤 사람이나 사건을 바라볼 때 다양한 시각으로 볼 수 있게 해줘서 바른 판단을 내리는 데 도움이 된 것 같다. 다른 사람들이 어떻게 생각하면서 살고 있는지 간접적으로나마 체험할 수 있기 때문이다. 굳이 과학적으로 설명하자면, 독서는 신경세포 시냅스의 가지치기를 증가시켜 두뇌 발달을 촉진한다고 한다. 당연히 집중력과 기억력 증진에 도움이 되겠지. 요즘 젊은 세대들은 동영상이 조금만 길어도 끝까지 보지 못하는 경우가 많지만, 책을 읽게 되면 긴 시간 집중할 수 있는 능력이 생기고 사람이 차분해진다. 또 상식적으로 생각을 해봐도 책을 읽으면 사회생활에 필요한 어휘력과 문서 작성 능력이 향상되는 것은 당연한 일 아니겠니? 책은 너를 더욱 성숙하고, 내면이 풍부한 사람으로 만들어 줄 것이다.

인생은 선택의 연속이다. 그동안 너도 이미 여러번의 선택을 경험해 봐서 잘 알 것이라고 생각한다. 가장 크게는 대학과 전공을 선택했고, 직장을 선택한 경험도 있을 것이다. 앞으로도 '결혼을 할 것인가? 누구를 배우자로 선택할 것인가? 직장을 옮길 것인가?' 등 수많은 선택을 마주하게 될 것이다.

하지만 어떤 선택을 하든, 그에 대한 책임은 온전히 네 몫이라는 것을 기억하길 바란다. 면담을 하다 보면 다양한 선택에 대한 후회를 많이 호소한다.

"이 사람과 결혼하지 말 걸 그랬어요. 후회돼요."

"이 직장을 선택하지 말 걸 그랬어요. 후회스러워요."

"그때 그렇게 결정하지 말고 반대로 했었어야 해요."

이처럼 많은 사람들이 자신의 선택에 대한 수많은 후회를 내게 토로하면서, 선택에 대한 잘못된 결과를 상대방과 환경 탓으로만 돌린다. 하지만 너는 그러지 않기를 바란다. 외부의 압력에 의해 선택했더라도, 결국 선택은 본인이 한 것이기에, 그에 대한 책임은 자신이 져야 한다.

　남에 의해 떠밀려서 어쩔 수 없는 선택을 하지 말고, 네가 주도적으로 결정하는, 원하는 선택을 하기 바란다. 타인의 결정에 따르다 후회하는 것보다는 내 선택으로 실수하는 것이 더 낫다. 만약 네 선택이 실수였다면, 같은 실수를 반복하지 않도록 다음 기회에는 더욱 심사숙고해서 결정하면 된다. 그러니 너무 자책하지 않기를 바란다.

앞에서 다소 부담스러운 이야기를 했지만, 사실 어떤 선택을 하든 후회가 따르기 마련이다. '그때 그런 선택을 하지 않았더라면 더 좋은 기회가 있었을 텐데'라는 생각을 해보지 않은 사람은 없을 것이다. 그렇지만 다른 선택이 더 좋았으리라는 보장 역시 없단다. 중요한 것은 선택한 뒤, 그 길을 꾸준히 걸어 나가는 힘이다.

자신을 잘 파악한 뒤, 인생의 우선순위를 고려하여 신중히 선택한 뒤, 망설이지 말고 그 길을 흔들림 없이 나아가길 바란다. 계속해서 뒤돌아보며 걱정하고 후회하면, 시간만 낭비될 뿐만 아니라 의지도 약해진다.

나이가 들수록 되돌릴 수 없는 선택이 점점 더 늘어난다. 어

떤 선택을 하든, 스스로 만족하길 바란다. 그 길을 꾸준히 걸어
간다면, 처음에 더 좋게 여겨졌던 다른 길과 결국 비슷한 결과
에 도달하게 될 것이다. 결과는 결코 돈으로만 평가될 수 없다.
그동안 쌓인 스트레스, 여유, 성취감, 자괴감 등 모든 경험의
총합이다.

어떤 직업, 사람, 혹은 물건을 선택할 때 하나하나 따져보는 것이 아니라, 그저 마음이 끌려 선택한 것이라면, 그것이야말로 행복한 선택일 것이다. 물론 선택에는 늘 이유가 있겠지만, 특별한 이유 없이 그저 마음이 가서 선택했다면, 그건 아마 무의식적으로, 본능적으로 끌린 선택이므로 잘 될 확률도 높다. 진심으로 좋아서 한 선택이었으니, 실패하더라도 크게 후회는 없을 것이다. 선택해야 하는 항목들 중에서 100% 마음에 드는 것이 없다면, 하나하나 비교해 본 뒤 가장 덜 싫은 것을 선택할 수밖에 없다.

내가 정신과 의사가 되기를 결심할 때도 마찬가지였다. 당시 정신과는 수입이 높은 편도 아니었고, 사회적 편견도 존재

했기에 고민이 있었다. 하지만 어느 과가 가장 좋을까 고민해 보았을 때, 가장 먼저 떠오른 것이 정신과였다. 정신과가 끌린 이유는, 각기 다른 사람들의 인생이나 생각에 대해 호기심이 많았고 이를 연구하는 것은 지루하지 않을 것 같았기 때문이다. 또한, 그들을 도와줄 수 있다는 점이 큰 매력으로 다가왔다. 그리고 스스로에게 물었다. "내가 내과를 전공한다면? 내가 외과를 전공한다면? 내가 피부과를 전공한다면?" 이렇게 하나하나 따져 보니 결국 끝까지 남는 건 정신과였다. 그래서 나는 정신과를 선택했다.

인생은 선택의 연속이며, 앞에서도 말했이 선택에는 반드시 책임이 따른다. 그러니 스스로를 잘 파악하고 신중하게 판단하여 좋은 선택을 하길 바란다.

세상에 내 맘에 드는
사람은 없다

이 말은 너희 외할머니께서 지나가면서 하신 말씀인데, 그 당시에 내가 대인관계에 스트레스를 많이 받았을 때라 그런지 가슴에 와닿더구나. 주변 사람들이 내 마음에 드는 사람이 없는 건 내가 까다로운 건가? 주변 사람을 잘못 만난 건가? 고민이 많았는데, 외할머니도 그렇다는 말을 듣고 마음이 편해졌다. 이 말은 혼자 다 알아서 하든지, 아니면 주변 사람과 맞춰 살라는 말이기도 하다. 혼자 모든 걸 다하고 살 수는 없으니, 결국 맞춰 살아야 한다는 말인 것 같다. 그러자면, 일부 못마땅한 부분은 그러려니 하면서 받아들이고, 또 다른 부분은 내가 채우기도 하면서 살아야 한다는 말이기도 하다.

실제로 내가 사회생활을 하다 보니 일 자체보다 더 힘든 건

대인관계였다. 아마 너도 곧 느끼게 되리라 생각한다. 둘만 모여도 의견이 다르고 생각이 다르니 서로를 맞추기가 쉽지 않았다. 만약 네 마음과 똑같이 행동해 주는 사람이 있다면 자기 생각이나 주장, 혹은 감정이 없는 사람이거나, 자신을 감추고 너를 너무 배려해서 네게만 맞춰주는 사람일지도 모른다. 보통은 처음에 서로가 맞춰나가고 타협하는 시기를 거치게 된다. 당연히 갈등도 발생하게 되지. 그러나 어느 정도 신뢰가 있다면 그 고비를 잘 넘겨 좋은 벗이 되는 것이고, 그렇지 않으면 일정 수준 경계를 긋고 살아야한다.

사람들이 다 네 마음에 들지 않는다고 불평만 하지 말고 너도 적응해 가면서 세상을 살아가길 바란다. 아마 마음에 안 들기는 상대방도 마찬가지일지 모른다.

너희들에게 이 말을 하기에는 내가 너무 낯이 뜨겁다. 나는
생활 능력이 거의 0점이기 때문이다. 앞으로 노력할 것을 다짐
한다. 여기서 생활 능력이란 일상생활을 스스로 잘할 수 있는
능력을 말한다. 예를 들어 음식 만들기, 설거지하기, 빨래하기,
청소하기, 다리미질하기, 생활가전 다루고 고치기 등이 포함된
다. 나도 늘 해야지 하면서 게으르고 책임감이 부족해서 잘하
지 못하고 있다. 그렇지만 이젠 시대가 달라졌으니, 남자건 여
자건 반드시 생활 능력을 키워야 한다고 생각한다. 나중에 너
혼자 살 수도 있고 같이 살 수도 있지만, 그런 상황과 관계없이
기본적인 자기 생활 관리는 스스로 잘해야 한다고 생각한다.

　로빈슨 크루소라는 책을 읽어보면 주인공이 무인도에 표류

하여 스스로 어려움을 하나하나 극복하면서 살아 나가는 이야기가 자세하게 그려진다. 혼자 농사를 짓고 토기와 옷을 만들고 보트까지 만드는 등 의식주 해결과 필요한 도구들을 생산해내는 과정이 실감 나게 기술되어 있다. 물론 이 주인공처럼 무인도에 표류할 일은 없겠지만 적어도 그와 같은 생활 능력을 기를 수 있다면 세상일이 두렵지 않을 것이다. 내가 겪어보니 무슨 일이든지 되도록 남에게 손을 빌리지 않고 스스로 알아서 할 줄 알아야 내 마음이 편해지고 떳떳해지더구나.

　귀찮아하지 말고, 너의 성향에 맞는 방법을 찾아서 일상생활을 잘 관리하면서 살기 바란다.

겸손한
운전

운전을 하게 되면 늘 사방을 주의하고 살피면서 조심해야 한다. 나도 운전 중에 갑자기 차나 오토바이, 사람이 튀어나와 놀란 적이 한두 번이 아니다. 얼마 전에는 서행 구간인 줄 모르고 운전하다가, 속도가 초과하여 벌금도 냈었지. 깊이 반성하고 있다. 차를 가지고 다니는 것은 편리하지만 너도, 상대도 다칠 수 있기 때문에 항상 조심해야 한다. 특히 운전 배우고 1-2년이 지나 자신감이 생기는 시기가 위험한 것 같다.

운전할 때의 심리 상태도 사고와 관련이 깊은 것 같다. 분노와 화가 많은 사람은 당연히 교통법규도 잘 안 지키고 난폭 운전을 할 가능성이 높다. 불안하고 초조한 경우에도 머릿속에 걱정이 가득해서 신호도 잘 못 보고 운전 중에 실수할 확률이 높다. 슬플 때도 마찬가지이다. 반대로 너무 낙관적이고 행복감에 들뜬 경우에도 운전을 조심해야 한다. 자신의 기분이 고조되어 주의력이 떨어지고 다 잘될 거라는 느슨해진 마음 때문에 부주의해질 수 있기 때문이다. 운전은 적절한 주의와 경계가 필요한 고도의 작업이다.

운전에서뿐만 아니라 모든 일에서 지나친 자신감이나 자만, 불안, 감정의 불안정은 실수나 문제를 일으키기 쉽다. 숙달되고 경지에 이른 사람은 오히려 겸손하고 조심한다.

안전이
최우선!

지금도 이 글을 쓰면서 가슴이 두근거린다. 좀 전에 네 또래의 아들딸이 사고로 사망했다는 뉴스를 들었기 때문이다. 너무 가슴이 아프구나. 그 불쌍한 아이를 어떡하면 좋으니? 그 부모는 앞으로 어떻게 살아가니? 상상조차 하기 싫구나. 부모를 위해서라도 늘 조심하길 바란다.

위험한 장소, 위험한 환경은 피해 다니고, 위험한 행동도 하지 않길 바란다. 겁쟁이라는 소리를 들어도 좋으니 피하길 바란다. 좋지 않은 조짐이 보이거나 네 느낌이 안 좋으면 역시 피하길 바란다. 가끔 분위기에 휩쓸려 위험한 행동을 하는 경우가 있는데 그러지 않기를 바란다.

'나는 괜찮을 것이다'라는 막연한 믿음을 갖지 말고, 늘 규정에 따라 행동하고 판단하는 것이 그나마 사고를 줄일 수 있는 방법일 것이다. 평소에 어른들이나 매스컴에서 하는 말들이 이유 없는 조언은 아니다. 일례로 길을 걸을 때도 차도보다는 안쪽으로 걸어 다니고, 비바람이 많이 불 때는 간판 등이 떨어질 수 있고 운전자의 시야가 좋지 않으니 되도록 집에 있는 것이 좋겠다.

생각해 보니 나도 잘못했으면 죽을 뻔했던 사소한 사건들이 많았다. 그 생각에 지금도 가슴을 쓸어내린다.

경제 관념을
키워라

이 역시 내가 부족한 점 중 하나인데, 너희들은 그러지 않기를 바라는 마음으로 글을 쓴다. 어릴 때부터 돈을 잘 모으고 불리는 방법을 익히는 것은 중요하다. 과거에는 돈에 대한 부정적인 관점이 많았지만 이제 그런 시대는 지났다. 바르게 벌고 바르게 쓰는 돈은 좋은 돈이며, 돈이 많으면 많은 일들을 할 수 있어 좋단다.

세계를 움직이는 유대인 교육 내용의 핵심 중 하나가 경제 관념이기도 하다. 미국 내 유대인 인구의 비율은 2% 정도밖에 되지 않지만, 미국 국내 총생산의 20%가 그들 몫이다. 유대인들이 미국 월가의 빌딩과 금융회사를 30%나 소유하고 있기도 하다. 대형 금융사 골드만삭스와 JP 모건 등도 유대인이 세운

회사이며 전 세계 거부의 약 1/3이 유대인이다. 현재 이스라엘의 인구는 약 830만 명 정도인데 노벨상 30%, 아이비리그 입학 30%를 석권하고 있고 연방준비제도(Fed) 역대 의장 15명 중 11명이 유대인이었다. 유대인들은 남자 13세, 여자 12세가 되면 성인식을 하는데, 이때 축하 선물로 성경, 손목시계, 축의금을 받는다. 축의금은 일종의 종잣돈으로 독립을 준비하라는 뜻으로 부모님 품을 떠날 때까지 축의금을 스스로 관리하게 된다. 어릴 때부터 책임감을 갖고 경제 관리를 할 수 있도록 훈련하는 셈이다.

너도 이제 은행, 주식, 부동산 등과 관련된 필요한 사항을 익히면 좋겠다. 지겹겠지만 신문이나 인터넷의 경제 관련 뉴스도 잘 읽어보길 바란다. 세계와 우리나라의 경제 흐름을 알아야 저축과 투자, 부동산 등을 적절하게 잘 운용할 수 있다. 나는 저축만 하고 살 거니까 필요 없다고 남의 일이라 생각하지 말고 평소에 관심을 갖고 잘 배우기 바란다. 경제 관념을 키우는 것은 실제로 네가 먹고 사는 것과 관련된 중요한 문제다.

내가 돈이 많으면 많은 일들을 할 수 있어서 좋다고 말했다가, 어떤 때는 하루 세 끼 밥만 먹을 수 있으면 된다고 하니 서로 모순된 말을 한다고 생각할 것 같다. 의미를 종합하면, 돈에만 얽매이지 말고 네가 하고 싶은 일을 하되, 남들에게 아쉬운 소리를 하지 않을 만큼의 돈은 있는 게 좋다는 뜻이다. 쉽지 않은 일이지?

　다른 사람도 마찬가지겠지만, 나 역시 살아오면서 남들에게 아쉬운 소리, 부탁하는 말을 하긴 싫었다. 더구나 싫은 사람에게 부탁하는 건 더 자존심 상하는 일이다. 부탁하는 것도, 부탁받는 것도 서로에겐 부담스러운 일이라고 생각한다. 되도록 부탁은 적게 하고 사는 게 답일 것 같다.

너도 독립적으로, 되도록 싫은 일을 안 하고 부탁을 적게 하며 살려면 어느 정도의 돈은 있어야 한다고 생각한다. 앞에서 말한 경제 관념을 가지고 젊은 시절 열심히 저축하면 그렇게 살 수 있다고 생각한다.

살다가 인생이 막혀 내 뜻대로 되지 않을 때 너무 속상해하지만 말고 하나님의 뜻이라고 생각하고 또 다른 새로운 길로 가보는 것도 괜찮다고 생각한다. 종교가 있고 없고를 떠나서, 인생길이 막힐 때는 대안을 갖고 살아가는 것도 좋다.

　내 인생이 생각대로 안 된다고 그냥 포기하지 말고, 다른 탈출구를 생각해 보면서 조금씩 나가보는 것이다. 지금은 힘들지만 언젠가는 어떻게든 이루어질 것이라고 확신하고, 잠시 상황이 좋지 않을 때는 한 걸음 뒤로 물러나는 것도 방법이라고 생각한다.

　내가 애초에 생각했던 것이 정답이 아닐 수 있고, 다른 길로 가는 것이 오히려 더 성공할 수도 있단다. 내 계획대로 되지 않앗다고 우울해하거나 자책하거나 비관하지 말고, '아, 하나님이 더 좋은 다른 길로 가라는 말씀이구나.'하고 생각해 보길 바란다. 물론 네가 하고자 하는 기본적인 틀은 유지하되, 중간에 막힐 때를 이야기하는 것이지, 큰 방향까지 수시로 변경하라는 말은 아니다. 어려울 때마다 쉽게 포기하라는 말로 잘못 들을까 봐 노파심에 덧붙인다. 이 말은 동료의 어머니께서 해주신 말씀이란다.

사람은 하나하나
다 소중하고 아름다워

역시 동료 어머니가 돌아가시기 며칠 전에 지나가는 말로
하신 말씀인데 기억에 남는다. 당신의 죽음을 무의식적으로 느
끼셨는지 "죽을 때가 되니 걸어 다니는 사람, 하나하나가 다
소중하고 아름다워 보여. 귀한 존재야."라고 말씀하시더구나.

이유를 불문하고, 사람은 모두 소중하고 귀하고 아름다운
존재라는 말에 진심으로 동의한다. 너희들이 내게는 우주의
전부인 것처럼, 다른 사람들 역시 누군가에게 그렇다고 생각
한다.

가끔 너희들이 자신의 소중함과 아름다움에 반하는 소리를
할 때 마음이 아프고 안타까웠다. 이렇게 선하고 건강한 영혼
과 신체를 가지고 있는 건 축복이고 행복이란다.

너희들이 얼마나 소중하고 아름다운 존재인지 잘 느껴보고
기억하길 바란다. 머리가 좋건 나쁘건, 부자이건 아니건, 지위
가 높건 낮건 전혀 중요하지 않다. 모든 사람이 그 어머니 말씀
대로 아름답고 소중하다. 내겐 특히 너희들이 그렇다.

타인을 돕는 기쁨,
그 속에서 행복을 찾다

내가 느껴본 감정 중 가장 뿌듯하고 행복했던 감정을 뽑으라고 한다면,남을 도와주었을 때였다. 내가 도움받을 때의 감사한 느낌도 좋았지만, 남을 도왔을 때의 충만한 느낌이 더욱 컸던 것 같다. 아는 사람뿐만 아니라 모르는 사람을 도와줄 때의 기쁨이 더 컸던 것 같다. 예를 들어, 디저트 비용을 아껴서 집안 사정이 어려운 어린이들에게 기부하는 경우를 들 수 있다. 나에겐 있어도 그만 없어도 그만인 얼마 안 되는 돈이지만, 그 어린이에게는 큰 도움이 될 수 있단다.

남을 도우면 상대가 기뻐하는 모습을 보게 되면서 내가 쓸모 있는 사람이라는 느낌이 들게 된다. 심리학 실험에서도 자신을 위해 돈을 쓸 때보다 남을 위해 돈을 쓸 때 행복감이 더 증가한다는 사실이 밝혀졌다. 생물학적으로도 이타적인 행위를 하면 뇌의 보상중추가 자극되어 기분이 좋아진다고 한다.

이처럼 타인을 돕는 것은 내게 마이너스가 되고 남에게 플러스가 되는 것이 아니라, 둘 모두에게 이득이 되는 일이다. 남이 알아주건 알아주지 않건, 마법처럼 마음이 편안해진다. 너도 한번 느껴보기를 바란다.

정당한 수고의 대가는
당당하게

내가 전공의 시절에, 외부에서 오신 교수님의 강의를 듣고 전공의들이 모은 돈을 사례비로 그분께 드리는 일을 맡은 적이 있었다. 왜 그랬는지 모르겠지만 '돈'이라는 것을 드리는 것이 어색해서 쭈뼛쭈뼛하면서 드렸는데, 그 모습을 본 선배가 내게 한마디 하더구나. 감사의 마음으로 모은, 당당하게 드려야 되는 돈을 왜 그렇게 창피한 듯이 드리냐고. 혹시 내가 돈에 대해 안 좋은 편견을 가진 건 아닌지 그때 반성하게 되었다.

예로부터, 우리나라 조상들은 청빈한 삶을 사는 사람을 칭송했다. '청빈'은 성품이 깨끗하고 재물에 대한 욕심이 없어 가난함을 일컫는다. 좋은 말이긴 하지만, 가난해야 깨끗한 건 아니라고 생각한다. 열심히 일해서 모은 깨끗한 돈은 정당하며 칭찬받아 마땅하다.

정당한 돈은 깨끗한 것이며, 돈뿐만 아니라 정당한 수고에 대한 대가는 당당하게 요청할 수 있고 받을 수 있는 것이라는 당연한 사실을 뒤늦게 알게 되었다.

인생의
두 얼굴

일을 할 때나 사람을 사귈 때, 언제나 양면을 바라볼 수 있는 능력과 여유를 가지길 바란다. 처음에는 한쪽이 완전히 좋아보였지만, 시간이 지나면서 생각하지 못했던 단점이 나타날 수 있다. 다른 쪽은 별로인 줄 알았는데 의외로 장점이 있을 수 있다. 네가 몸이 아플 때 괴로웠겠지만, 그 경험 덕에 건강의 소중함을 깊이 깨닫고 고통받는 사람을 더 공감할 수 있는 능력을 갖게 되었을 것이다.

같은 경험을 겪더라도 바라보는 시각에 따라 장점과 단점, 행복과 불행이 달라질 수 있단다. 살다 보면 '왜 이렇게 일이 안 풀릴까?'하고 어두운 면만 생각하고 바라보게 될 수도 있겠지만 그럴수록 밝은 면을 볼 수 있는 긍정의 힘을 키우기 바란다.

또 한 가지, 인생의 흐름에도 양면이 있단다. 일이 항상 잘 될 수는 없다. 좋은 시기가 있으면 잘 안 되는 시기도 있기에, 힘든 순간이 오면 잠시 멈추고 그동안 쌓아온 힘으로 잘 견디기 바란다.

세상의 모든 일은 양면을 가지고 있다.

진료실에서 면담을 하다보면 자신의 일이 잘못된 이유가 다 남 탓이라고 말하는 사람들이 종종 있다.

"남편을 잘 못 만나서 제가 평생 고생을 해요."

"부모를 잘 못 만나서 돈 없이 사느라 힘들어요."

"친구 때문에 일을 망쳤어요."

본인이 겪는 힘든 일의 대부분을 타인의 잘못으로 돌리는 사람들이 있는데 썩 보기 좋지는 않았다. 물론 잘못된 일들이 남 탓인 경우도 있겠지만 모든 일들이 다 남 탓은 아닐 것 같다는 생각이다.

잘못된 규정 때문에, 갑작스러운 사고 때문에, 그냥 운이 없어서 일이 잘못되는 경우도 많고 나 역시 그런 경우를 겪었기 때문에 '탓'을 하는 심리가 이해는 된다. 그렇지만 잘못된 결과를 남 탓으로 치부해 버리기 시작하면, 그 당시에 마음은 좀 편해질지 모르겠지만 앞으로의 인생에 본인의 노력이 덜 들어가기 쉽다. 또 원망과 증오가 많아져 정신건강에도 좋지 않고, 자신을 포기하게 되어 미래에 더욱 안 좋은 결과를 초래할 수 있다. 굳이 내 탓으로 돌리지는 않더라도 '이번엔 결과가 좋지 않았지만 노력하면 다음엔 더 잘 될 거야.'라는 마음가짐이라도 지녀야 앞으로의 일들이 잘 풀릴 거라고 생각한다.

　가끔 환자와 면담하면서 스스로에게 질문을 던져본다. 자신의 문제를 모르고 남을 탓하면서 편하게 사는 것이 '내 탓이오' 하면서 괴로워 하는 삶보다 나은 것 아닐까? 물론 남 탓하더라도, '내 주변은 왜 이렇게 나를 괴롭힐까?'라는 생각이 들면 마음이 편할 리는 없을 것이다.

　어쨌든 나는, 내 문제는 알고 살아가는 게 낫다는 결론에 도달했단다. 그래서 너희도 마음이 불편하고 아프더라도, 스스로의 문제를 돌아보고 발견하며 받아들이길 바란다. 물론 고칠 수 있으면 더할 나위 없이 좋겠지만, 쉽지 않다는 것을 알기에 '알고있다는 것'만으로도 의미가 있다고 생각한다.

　그럼, 내 문제는 어떻게 알 수 있을까? 우선, 나의 장단점을 파악하는 것이 도움 될 수 있겠다. 그리고 '나는 어떻게 살고 싶은가? 무엇을 좋아하고 싫어하는가? 어떤 상황을 불편하게 느끼는가?' 등을 생각하다 보면 내 문제를 알게 되는 경우가 많다. 대인관계를 통해 타인에 비친 내 모습으로 내 문제를 알 수도 있다. 반복되는 갈등이나 이별 등이 그 예가 될 수 있겠다.

자신의 문제를 조금이라도 알고 사는 것은, 한 단계 더 성장한 삶을 사는 것이라고 생각한다.

힘든 순간,
스스로를 돌아보기

이 부분은 삶에 있어서 무엇보다 중요하다고 생각한다. 힘든 일을 겪을 때, 스스로를 조절하고 어려움을 견딜 수 있는 방법이기 때문이다. 우울할 때나 불안할 때 마음을 다스리는 방법, 자존감이 바닥에 내려왔을 때나 슬플 때 스스로를 위로하는 방법, 몸이 아플 때 이겨내는 방법까지, 다양하게 자신을 돌볼 수 있는 방법을 익히길 바란다. 정해진 정답은 없다고 생각한다. 사람마다 어려움을 이겨내는 방법이 다르기 때문이다.

최근 들어 자해로 인해 병원을 찾는 청소년들이 점점 늘고 있다. 스스로를 비난하고 나에게 실망해서 자신의 삶을 파괴하는 것은, 결코 자신을 돌보는 행위가 아니다. 힘들고 어려운 때일수록, 스스로 다스리고 위로해 주는 방법을 찾아야 한다.

예를 들어, 욱할 때 10분 참기, 우울할 때 햇빛 보기, 괴로울 때 명상하기, 답답할 때 산책하기, 자신의 능력을 인정하고 받아들이기, 가진 것에 만족하기, 남과 비교하지 않기, 스트레스를 받을 때 크게 노래 부르기, 슬플 때 혼자 울기, 하루 30분 운동하기 등도 자신을 돌보는 방법일 수 있겠다. 너도 자신만의 방법을 찾아 스스로를 잘 돌보길 바란다.

살면서 실제로 겪어본 경험인데 이루기 힘들어 보이는 일이라도 내가 긍정적으로 될 것이라고 말하고 노력하면 정말 이루어지는 경우가 많았다.

그래서 너희들이 가끔 "그건 안 될 거야.", "해보나마나 실패할 거야."라고 얘기하면 내가 펄쩍 뛰며 취소하라고 큰 소리로 얘기하곤 하는데 반은 장난이지만 반은 진심이란다. 심리 실험에서도 대상자에게 어떤 일을 해낼 수 있다고 암시를 주면 이루어낼 확률이 높았다는 결과가 있다. 피그말리온 효과도 그와 같은 것인데, 무엇인가에 대한 사람들의 믿음이나 기대, 예측 등이 긍정적으로 작용해서 그대로 실현되는 경향을 말하는 것이다. 또 플라시보 효과도 있다. 효과가 없는 가짜 약을 복

용시키고 병이 나을 거라고 암시를 주면 실제로 약효가 나타나 병이 호전이 나타나는 경우를 일컫는다.

　과거에 인기 있었던 '말하는 대로'라는 노래에도

　'말하는 대로 말하는 대로
　될 수 있단 걸 눈으로 본 순간
　믿어보기로 했지'

　라는 가사가 있지? 세상일이 말하는 대로 되는 경우가 많으니, 부정적으로 걱정만 하지 말고 될 거라고 한번 믿어보기 바란다. 될 거라는 믿음이 너의 감정과 행동을 변화시켜 불가능을 가능으로 만들어 줄 수 있을 것이다.

공감과 칭찬은
제대로

요즘 화두 중의 하나는 '공감'인 것 같다. 공감력이 있는 사람이 성공한다는 심리학 책도 참 많지 않니? 그만큼 공감하는 능력이 중요하게 여겨지는 세상이 되었다. 그런데 너도 친구들과 지내보아서 알겠지만, 공감만큼 어려운 것도 없다. 그저 잘 들어주고 고개만 끄덕여준다고 공감을 해준 것은 아니란다. 상대방의 말에 귀를 잘 기울여 주면서 그에 적절한 반응을 해 줄 수 있어야 하고, 눈도 마주치면서 서로 간에 진실한 감정이 오고가야한다. 또 상대의 말과 감정에 공감을 잘하려면 내가 심리적으로 안정되고 여유 있어야한다. 내 마음이 불안하고 조급해서 공감할 준비가 되어 있지 않으면 상대를 제대로 공감해 줄 수 없다. 또 이러쿵저러쿵 내 생각대로 잣대를 들이대고 섣부른 충고를 해주는 것 역시 올바른 공감 자세는 아니다. 그러느니 그저 상대방 말을 잘 들어주고 눈 마주치면서 '힘들었겠다'라고만 얘기해주는 것이 더 위로가 될 것 같다.

칭찬도 마찬가지다. 친구가 어떤 일을 잘 해내었을 때 "잘했네, 좋겠다." 소위 영혼 없는 칭찬을 해준다면 이 역시 안 하느니만 못하다. 내 일처럼 기뻐해 주는 칭찬을 해주면 참 좋을 것 같은데 여간 친하지 않으면 쉽지 않은 일이다. 이왕이면 어떤 부분을 잘했는지 구체적으로 표현하면서 칭찬해주면 더욱 좋을 것 같다. 상대방이 받아들이기 거북하게, 가식적으로 칭찬을 해주는 것도 좋은 방법은 아니라고 생각한다. 별 것 아닌 거 같은데 공감 한번 해주고 칭찬 한번 해주기가 생각보다 참 쉽지 않지?

아무쪼록 상대의 아픔과 기쁨에 공감해주고 칭찬해주는 일 하나라도 진심을 담아서 성의껏 해주기 바란다. 머릿속은 딴 생각으로 가득 찬 채, 시늉만 하는 진심 없는 공감과 칭찬은 나보다 상대가 더 잘 안다.

언젠가 동료가 "선생님 어머니는 생전에 무슨 색을 가장 좋아하셨어요?" 지나가듯이 물은 적이 있었다. 그런데 아무리 생각해도 어머니가 어떤 색을 좋아하셨었는지 확신할 수가 없었다. 순간적으로 아득했다.

　'아, 나는 사랑하는 사람이 무슨 색을 좋아하는지도 모르고 살았었구나.'하는 자괴감이 밀려왔다.

　그것뿐만이 아니었다. 생각해 보니 학창 시절 어머니가 매일 같이 정성 들여 싸주신 도시락을 맛있게 먹으면서도 고맙다는 말을 하긴커녕 맛있다는 말 한마디 제대로 해드린 적이 없었다. 왜 그렇게 무심하고 철이 없었을까?

　고등학교 때 수업 끝나고 바로 독서실을 가곤 했었는데 어머니는 늘 독서실 앞에서 과일을 깎아서 들고 나를 기다리시곤 하셨다. 쑥스러움에 피곤하고 힘들다며 짜증만 냈지 역시 고맙다는 말 한마디 한 적이 없었다.

너희들은 나와 같은 후회를 하지 않길 바란다. 다행히도 너희들은 나의 모든 것을 속속들이 알고 있기에 오히려 내가 깜짝깜짝 놀라기도 하니 아마 부모에 대한 나 같은 후회는 없을 것 같다. 내가 너희들과 보내는 많은 시간들은 나를 위한 것이기도 하지만, 어떻게 보면 언젠가 헤어질 너희들을 위한 시간이기도 하다.

사랑을 당연히 여긴 죄, 그로 인해 어머니를 떠올릴 때마다 나는 많이 행복하면서도 아직도 많이 아프다.

중독

　내가 명색이 정신건강의학과 의사이지만 모든 정신 질환을 다 잘 치료할 수 있는 건 아니다. 특히 고치기 힘든 정신과 질환 몇 가지 있는데 그중에 최고는 '중독'이라고 생각한다.

　심각하게는 알코올 중독, 마약 중독, 도박 중독이 있겠고, 그나마 가볍게는 게임 중독, 카페인 중독, 니코틴 중독 등이 있을 것 같다. 중독에 빠지게 되면 일상생활과 사회생활이 모두 망가지게 된다. 환자들이 주로 우울하고 불안한 현실에서 탈출하기 위해서 중독에 탐닉하게 되는 경우가 많은데 정신과적으로는 주로 부정, 합리화, 투사의 기전을 나타낸다. 예를 들어, 알코올 중독자인데도 자신은 술을 안 마신다고 부정하고, 스트레스와 환경 탓에 어쩔 수 없이 마신 것뿐이라고 합리화

하고, 남 탓을 하는 투사의 정신역동을 보이는 경우가 대부분이다.

중독과 관련된 도파민이라는 신경전달물질을 조절해주는 약도 있지만 그렇게 효과적이진 않아서 결국 스스로 중독이라는 구덩이에서 벗어나야 하는데 그 과정은 정말 어렵고 힘들단다. 본인도 힘들지만, 주변 가족들도 역시 많이 괴롭고 지친다. 그래서 너희들은 자신과 주변 사람들을 위해서 아예 처음부터 중독이라는 덫에 발을 들여놓지 않기를 바란다.

열등감

　사람마다 많은 콤플렉스가 있지만, 그중에서도 가장 흔하면서 중요한 것은 열등감이라고 생각한다. 우울증도 자신을 남들과 비교하며 느끼는 열등감에서 비롯되는 경우가 많고, 조울증도 겉으로는 과도한 우월감에서 나타나는 증상이지만, 역시 남보다 못하다는 열등감을 극복하기 위해서 과대한 사고와 기분이 나타난 것이다. 결국, 그 근본에는 열등감이 자리 잡고 있다는 것을 알 수 있다. 열등감은 대부분의 정신과 질환의 정신 역동과 깊이 연관되어 있으며, 풀리지 않는 숙제 같은 느낌을 준다.

　세상에서 가장 용감한 사람은 자신의 단점과 열등감을 인정하고 이를 극복하려 노력하는 사람일 것이다. 자신의 열등감을 받아들이고 가까운 주변 사람들에게 편하고 솔직하게 이야기할 정도가 된다면, 이는 가히 높은 경지에 오른 사람이라 할 수 있다. 열등감은 스스로 내가 남보다 못하다고 본인이 느끼는 복잡한 감정이기에 다루기가 어렵다. 이로 인해 대인관계가 위축되기도 하지만, 반대로 열등감을 극복함으로써 인생에서 성공하는 경우도 많다.

열등감을 극복하기 위한 첫 단계는 자신의 열등감을 아는 것이다. 하지만 많은 사람들은 자신의 열등감을 제대로 파악하지 못한다. 그런 상태에서 누군가에게 열등감을 지적받거나 폭로되면, 걷잡을 수 없이 화가 치밀어 결국 인간관계가 끊어져 버리고 만다. 무의식적으로 감추고 싶은 부분을 건드렸기 때문에, 건드린 사람도 잘했다고는 볼 수 없다.

그래서 타인의 열등감을 함부로 언급하는 건 매우 위험한 일이다. 상대가 받아들일 수 있는 만큼만 말하는 것이 좋다. 받아들일 준비가 되어있지 않다면, 조언은 상처만 줄 뿐 관계 개선에는 아무런 도움이 되지 않는다. 이는 상처에 소금을 뿌리는 것과 같다. 마치 어린아이 눈높이에 맞추어 교육하듯, 상대를 배려한 조언이나 충고가 필요하다.

열등감을 극복하는 방법 중 하나는 마음의 힘을 빼는 것이다. 수영을 처음 배울 때 물에 안 가라앉으려고 몸에 힘을 주면 오히려 가라앉듯이, 마음에 방어막을 잔뜩 치면 자신의 상태와 주변의 좋은 조언을 받아들일 수 없다. 마음 속 긴장을 풀고, 들어오는 감정이나 조언을 유연하게 받아들일 수 있는 여유와 맷집을 갖춰야 한다. 그렇게 한다면 좀 더 발전된 나, 새로운 나를 만들어갈 수 있게 된다.

물론 열등감을 극복하려는 과정에서 창피하고 아픈 순간을 맞이할 수 있다. 주변의 눈초리가 신경 쓰일 수도 있다. 하지만 남들이 뭐라고 하건 크게 신경 쓸 필요 없다. 남들은 우리가 생각하는 것만큼 우리에게 관심이 많지 않다. 오히려 내가 열등감을 극복하며 조금씩 나아가는 과정을 좋게 봐주는 사람이 많을 것이다. 그런 사람들과 어울리면 된다.

세상에 할 일도 많고 얼마나 바쁜데, 굳이 내게 도움되지도 않는 사람들의 눈치를 보며 살 필요는 없다. 내 인생의 주인공은 바로 나다. 열등감을 극복하고 발전하는 네가 되길 바란다.

괜찮아~

세상 어려운
듣기

　가만히 앉아서 듣는 일이 어떻게 생각하면 세상에서 가장
쉬울 것 같은데 막상 네가 해보면 알겠지만 세상 가장 어려운
일 중에 하나가 바로 '듣기'이다. 아마 상대방이 이야기를 시작
한 지 10초만 지나도 이미 네 머릿속에는 딴 생각이 흐르고 있
을지도 모른다.

　'아, 좀 지루하다. 빨리 얘기를 마치고 집에 가고 싶다.'

　'이 사람 말이 끝나면 난 무슨 말을 이어서 해야 할까?'

　'내가 해야 할 말이 있는데 언제 그 말을 꺼내야 좋을지 모
르겠네.'

　수없이 많은 잡념과 생각이 머릿속을 헤엄치고 그의 말에
집중할 수가 없게 된다. 상대방의 말을 잘 들어주고 감정을 이

해해주는 '듣기와 공감'이라는 말은 그저 심리학 책에 나오는 단어일 뿐이다.

　마음먹고, 그에게 참견하고 싶은 너의 생각을 잠시 내려두고, 그의 이야기에 집중하는 훈련을 한번 해보면 좋을 것 같다. 의자를 그에게 가깝게 붙이고, 그 사람의 눈을 쳐다보면서, 그 사람의 표정을 바라보고, 때로는 고개도 끄덕이고 어깨를 으쓱이면서 이왕이면 적절한 추임새도 넣으면서 그의 이야기에 빠져보길 바란다.

　듣기를 결심한다는 말은 좀 어색한 표현이지만, 어떤 경우에 나는 그런 결심을 한 적도 있었다. 나의 시간 한 시간 정도를 비워놓고 그 사람의 이야기에만 집중하고 작정하고 들어본 적이 있었다. 60분 동안 난 그에게 아무것도 해준 말이 없는데 이야기가 끝나고 그 사람이 내게 말하더구나.

　"별거 아닌 제 이야기를 긴 시간 동안 진지하게 들어주셔서 감사합니다. 이런 존중을 받아본 적은 처음입니다. 덕분에 많이 좋아진 것 같습니다. 이제 마음이 편안해졌습니다."

맨 앞과
맨 끝

    모든 경우에 적용되는 말은 아니지만 웬만하면 맨 앞과 맨 끝은 피하는 게 좋다는 것이 내 생각이다. 지엽적인 예이긴 하지만, 내가 면접 평가자로 참여하면서 겪은 내 경험을 한 번 얘기해 주고 싶다. 수많은 면접 대상자 중의 첫 번째로 들어온 지원자를 면접 후에 채점하는 게 쉽지 않았다. 그 뒤에 대기하고 있는 수많은 지원자들의 능력 수준이 이 사람보다 높을지 낮을지 가늠이 되지 않았기 때문이었다. 대답을 잘했다고 하더라도 처음부터 최고점을 주기가 부담스러웠고, 잘 못 했다고 하더라도 역시 처음부터 최저점을 주기가 부담스러웠다. 어느 정도 중간 점수를 주면서 전체의 기준을 맞출 수밖에 없었다. 마지막 지원자인 경우는 앞의 지원자들의 수준을 다 파악했으니, 평가가 맨 앞사람보다는 한결 수월했지만 좀 지친 뒤라서 그런지, 지원자의 말과 행동에 집중하기가 쉽지 않았다.

물론 단순히 면접을 해본 개인적인 경험만 가지고 맨 앞과 맨 끝이 좋지 않다고 말하는 것은 섣부른 얘기라는 생각이 들긴 하지만, 그 밖에도 그런 비슷한 경우가 종종 있긴 했었다. 웃어야 할지 울어야 할지 모를 일이지만, 중고등학교 시절 단체로 체벌을 받을 때 맨 앞에 선생님에게 매를 맞은 친구는 세게 맞았지만, 뒤로 갈수록 선생님의 힘이 빠져 약하게 맞았고 심지어 종이 치는 바람에 몇 명은 맞지도 않았다. 앞에 맞은 친구만 억울한 셈이었다.

맨 앞과 맨 끝이 좋지 않았던 몇 번의 경우를 살면서 겪었기에 네게도 참고하라고 일러둔다.

무지는
죄?!

내가 의사라서 그런지 환자의 병에 대해 잘 알지 못하는 건 어쩌면 죄일지도 모른다는 생각이 가끔 든다. 의사가 최선을 다해서 진료했고 그런데도 병을 치료하지 못했다면 더 이상 어쩔 수 없다고 생각은 하지만, 어쨌든 그 환자에겐 안 좋은 결과로 다가오기에 의사로서 죄책감이 드는 건 피할 수 없는 감정이다.

나 혼자서 '실력이 좀 떨어지더라도 친절한 의사가 좋은 의사일까? 아니면 불친절하더라도 실력 있는 의사가 좋은 의사일까?' 말이 안 되는 상상을 해본 적이 있었다. 물론 친절하고 실력 있는 의사가 좋은 의사이지만, 둘 중의 하나를 내게 고르라면 불친절하더라도 실력 있는 의사를 선택할 것이다.

실력을 갖춘 사람이 되라는 말은 비단 의사에게만 적용되는 말은 아니라고 생각한다. 나의 무지로 인해 회사에 피해를 입히고, 단체 생활에 폐를 끼쳤다면 잘못이라고 생각한다. 너는 최대한 실력을 키워서 남들에게 피해를 주지 않았으면 좋겠다. 그러자면 자기 분야의 지식에 대한 호기심과 열정이 있어야 하고 꾸준하게 공부하고 경험을 많이 쌓아야 할 것이다. 만약 내 실력이 부족하다면 주변에 나를 대신할 지식과 지혜를 구하기라도 해야 한다고 생각한다. 미숙하고 부족한 지식과 경험으로 남들에게 피해를 줄 수 있는 판단을 내리는 것은 위험하다. 아울러 잘못된 일을 저지르지 않으려면 먼저 내가 무엇을 모르는지 알아야 한다.

무지도 때로는 죄가 될 수 있다.

하기로 결심한 날
전날부터 시작하자

　강박적인 성향이라 그런 건지 몰라도, 난 어떤 일을 해야지 하기로 결심한 날의 하루 이틀 전부터 미리 실행한다. 리허설을 하는 셈이지. 예를 들어 1월 1일부터 운동을 하기로 했으면, 12월 30일이나 31일부터 운동을 시작한다. 어떤 일 때문에 갑자기 1월 1일에 운동을 하게 되지 못할 수도 있고 또 첫날이라 익숙하지 않아 내 마음에 들지 않게 운동할 수도 있는데, 미리 운동을 좀 해놓으면 제대로 못한 것에 대해 보상을 한 기분이 들어 마음이 편안해지더구나. 다소 병리적인 생각인 것도 같다만 어쨌든 이렇게 행동하다 보니 시간과 마음에 여유가 생겨서 좋았단다.

　어떤 논문을 쓸 때도 결심한 날 전부터 자료를 조사해 놓고, 어떤 글을 쓸 때에도 쓰기로 결심한 날 전부터 참고문헌을 읽기 시작하면 막상 시작했을 때 꽤 많이 진행한 기분이 들고 여유가 생겨 글도 잘 써지는 것 같았다.

네게 이런 사소한 것도 삶에 대한 팁이라고 말하기는 쑥스럽지만, 이번 기회에 일을 할 때 꾸물거리지 말고 미루지 않았으면 좋겠다는 말도 덧붙이고 싶다. 일을 미루는 기저에는 아마도 일에 대한 두려움, '잘못되면 어떡하지?'하는 불안과 완벽해지고자 하는 마음 등이 뒤섞여 있을 것이다. 그러니 너무 부담 갖지 말고 내가 앞에서 말했듯이 여유 있게 진행하면 모든 일이 다 잘될 것이다.

소송하기
전에

　진료를 하다 보면 환자들이 소송 건에 대한 고민을 많이 토로한다. 소송당한 사람도 많고 소송을 거는 사람도 많다. 소송당한 사람이나 거는 사람이나 소송에 대한 스트레스는 엄청나다. 얼마 전에 나와 상담한 사람도 비슷한 고민을 얘기하더구나.

　"과거에 저를 괴롭힌 사람을 소송하려고 하는데 좀 고민입니다. 지금은 그 직장에서 나와서 그 사람과 마주칠 일은 없지만, 그동안 당한 일들이 억울해서 소송을 통해서 복수하려고 하는데 소송하는 동안 제가 또 괴롭지 않을까 고민이 됩니다."

　내가 소송 할지 말지 여부를 결정해 줄 수는 없다고 말하면서, 단지 소송을 할 때 하더라도 미리 염두에 두어야 할 점은 일러두었다.

"소송에서 이기면 그동안의 응어리진 마음이 풀릴 수는 있겠죠. 그러나 소송을 하는 몇 년 동안 기저의 우울과 불안이 악화될 수는 있습니다. 소송의 과정이 쉽지는 않거든요. 그리고 만약에 소송 결과가 예상과 다르게 나올 경우, 증상이 악화될 수 있으니 그 부분 역시 고려하시기 바랍니다."

그 환자는 소송을 함으로써 얻는 이득과 그동안 받는 스트레스에 대해 잘 고민해 보겠다고 말하면서 진료실을 나갔다.

너희들에게도 같은 말을 해주고 싶다. 그런 일이 없어야겠지만 만약 소송을 하게 되면 장기간이 소요되고 그동안에 직장 일을 편하게 하기 어렵고 마음 한 귀퉁이에 돌덩이가 있는 듯한 느낌이 들기에 괴로울 때가 많을 것이다. 또 재판할 때마다 서로 아픈 상처를 건드리기 때문에 그로 인해 고통스러울 수 있다. 소송 동안의 여러 장단점을 잘 생각해보고 결정하길 바란다.

소송을 떠나, 어떤 일을 하는 데 있어서 당장의 후련함만 생각하지 말고 그로 인해 벌어질 일들을 미리 예상해서 이해득실을 잘 판단하길 바란다. 네가 옳다고 해도 세상일이 네가 생각하는 대로 흘러가지 않는 경우도 많단다.

여행이
좋다

대부분의 사람들이 여행을 좋아하지만 반대로 집에서 지내는 평온한 안락함을 좋아하는 사람들도 꽤 많다. 개인마다 선호하는 취미가 다르니 그럴 수 있지만, 그래도 기회가 된다면 여행을 해보는 것을 추천한다. 여행 전의 설렘도 즐겁고 행복하지만, 여행 여정 중에 비행기에서, 버스와 기차에서 혼자 생각할 수 있는 시간들도 참 소중한 것 같다. 싱숭생숭한 마음과 함께, 나와 직장과 인생에 대해 많은 생각들을 할 수 있기 때문에 나에 대해 객관적으로 바라볼 기회를 준다.

요즘엔 TV, 유튜브 등에서 워낙에 여행에 대한 프로그램이 많아 사람들을 만나고 사귀고 또 돌발 상황을 이겨나가는 과정들이 흥미롭게 그려져 여행의 유익함을 잘 설명해 주는 것 같다.

그런 장점들은 이미 잘 알고 있을 테니 더 이상 반복하지 않겠고 내 개인적인 경험만 잠깐 들려주고 싶다. 과거 외국으로의 첫 여행에서 다른 세상을 맞닥뜨려보니 말할 수 없이 시야가 넓어지는 짜릿함을 느꼈다.

'아, 이렇게 세상이 넓구나.' 하는 마음으로 가슴이 벅차올랐던 기억이 생생하다.

동시에 '너무 아등바등 살지 말아야겠다. 이렇게 세상이 넓은데 속 좁게 살지 말고 넓은 세계의 무대로 뻗어 나가보자.' 하는 생각이 들었다.

여행의 장점은 셀 수 없이 많지만 이렇게 생각을 정리할 수 있고 나를 새롭게 바라볼 수 있으며 마음이 넓어지는 것을 들고 싶다.

떠난 자리를
아름답게

언젠가 내가 식당에서 밥을 먹고 자리를 일어나는데 친한 후배가 그러더구나.

"다음 사람 기분 좋게 먹을 수 있게 잘 치워주세요. 이왕이면 휴지는 휴지통에 넣고 분리수거하시고 음식 찌꺼기도 잘 모으시고요."

"뭐 그렇게까지 잘 해주고 나가니? 대강 치우면 됐지."

"아니에요. 그래야 복이 와요. 깨끗해서 나쁠 게 뭐가 있어요? 요즘엔 일하는 사람들도 없어서 우리가 잘 치우지 않으면 테이블도 지저분한 채로 다음 사람들이 먹게 되니 기분이 안 좋죠."

잠시 귀찮은 잔소리로 들었지만 듣고 보니 옳은 소리였다.

내가 잠깐 신경 써서 분리수거하고 제대로 반납하면 음식점 주인도 좋고 다음 손님도 기분 좋은 일이라는 생각이 들었다.

식당에서뿐만 아니라 모든 일들이 그런 것 같다. 집에서 식사할 경우에도 어머니를 도와 잘 치우고, 세면대와 화장실을 사용한 뒤에도 잘 정리하고, 도서실에서 공부하고 난 뒤에도 책상과 의자를 깨끗하게 정돈하는 것은 좋은 습관인 것 같다.

내가 떠난 자리를 아름답게 정리하는 것은 나를 아름다운 사람으로 만들어주는 일이며, 후배 말대로 그래야 복이 오는 것 같다.

의연하게
살기

내 치매 환자 보호자가 한번은 이런 말씀을 하더구나.

"증상 하나가 나타나 가슴 졸이면서 간신이 해결하면 새로운 증상이 나타나고 그걸 해결하면 또 다른 증상이 나타나니 정말 하루하루가 불안하고 힘드네요. 이게 언제 끝날까요?"

아마 답은 보호자도 이미 알 수 있을 것이라고 생각한다. 치매 환자가 죽을 때까지 아마 그런 증상은 반복될 것이다. 서로가 알면서도 그런 말을 입 밖으로 꺼내기는 힘든 법이다.

"어떤 증상이 나타나면 저와 함께 상의하면서 해결해 나가고, 또 다른 증상이 나타나면 또 저와 함께 해결해 나가면 됩니다. 그때 그때 대처할 방법이 있으니, 하루하루를 너무 불안하게만 보내시지 말기 바랍니다. 잘 아시겠지만, 이런 증상은 계속 반복될 확률이 큽니다."

　라고 대답해 드렸다. 인생 문제도 이 환자의 증상과 마찬가지란다. 하나의 문제가 나타나 간신히 해결하면 또 다른 문제가 발생하고 그걸 힘들게 해결하면 또 다른 문제가 나타난다. 그래서 "내가 죽어야 이 문제가 끝나지."라고 말씀하시는 어른들도 있다. 그렇지만 너도 알다시피 인생에는 불행과 고통만 있는 것은 아니고 행복과 기쁨도 섞여 있단다. 아마 그것들을 더하고 빼보면 인생은 그래도 견디며 살만한 것이 아닐까 생각한다. 살다가 생각지도 못한 별의별 문제들이 끊임없이 나타나겠지만, 언제 문제가 또 나타날까 너무 불안해하지 말고, 하루하루 충실하게 살다가 문제가 발생하면 그때그때 의연하게 해결해 나가면 된다고 생각한다.

아는 만큼
보인다

내가 정신건강의학과 전공의 1년 차 때에는 환자를 면담하고 나서 바로 '아, 이 환자는 조현병이네.' ,'아, 이 환자는 조증이구나.'하고 진단을 빨리 쉽게 내려버렸다. 지금 생각해 보면 지식과 경험이 부족한 시기에 너무 쉽게 진단을 내리고 치료에 대한 자신감을 가졌던 것 같다. 정신과의 세계가 생각보다 쉬워 보였다. 그러다가 3년 차가 되었는데, 그때부터는 성격장애 환자까지 보게 되어 진료의 폭이 훨씬 넓고 깊어지게 되었다. 습득해야 하는 지식과 정보가 많아지면서 기존에 확신을 갖고 있었던 믿음이 헷갈려지기 시작했고 점점 자신감도 떨어지게 되었다. 1년 차 때에는 한 시간만 면담해도 진단이 탁탁 머릿속에 떠올랐는데, 오히려 연차가 올라갈수록 진단을 내리기가 어려워지기 시작한 것이다.

애매하고 다양한 환자의 증상에 대한 고민이 많아지고, 그에 따라 진료 시간도 더 오래 걸리고 진단과 치료 방향 잡기가 어려워졌다.

'왜 아는 건 많아졌는데, 환자 보기는 더 어려워졌지? 1년 차 때보다 더 많이 아는데 실력은 더 퇴화되었나?'

이유는 내가 아는 것이 많아졌기 때문이었다. 1년 차 때에는 알고 있는 지식과 경험이 폭이 좁아서 그 안에서만 진단과 치료를 하다 보니 쉬웠던 것이고, 연차가 올라가니 아는 것이 많아져서 이것저것 고민하고 생각하다 보니 더 혼란스러워지고 신중해진 것이다.

대신 아는 것이 많아지니 과거에 안 보이던 것들이 보였다. 생각할 것들이 많아 괴롭기도 했지만 새로운 기쁨이 느껴졌다. 아는 만큼 보인다는 말을 전공의 4년 동안 직접 체험하고 지금도 느끼며 사는 중이다. 많이 배우고 경험이 쌓이면 실력이 늘어나 세상을 넓고 깊게 볼 수 있고 실수가 적어지는 것 같다. 아는 만큼 보이고, 아는 것이 힘이 되는 세상이다.

정상과
비정상

　정신건강의학과 의사를 수십 년 하다 보니 정상과 비정상의
차이가 백지장 한 장 차이인 것 같다는 생각이 든다. 정상과 비
정상을 정의하는 것도 쉽지 않지만, 일단 정신건강의학과 진단
을 내릴 수 있는 질병을 비정상이라고 생각한다면, 내가 치료
한 수많은 환자들은 어떻게 보면 일시적인 비정상이었을 뿐이
었다. 가벼운 우울감이 있다가 어느 순간 '주요우울장애'로 악
화되었을 수 있고, 평소에 자잘한 일에 걱정과 불안증이 많다
가 어떤 일을 계기로 '전반적 불안장애'로 악화되었을 수 있다.
정신장애뿐만 아니라 신체장애도 마찬가지이다. 멀쩡한 사람
이 갑작스러운 재해나 교통사고로 인해 뇌출혈과 골절이 생기
면 일시적으로 비정상이 되어버리는 것이다. 이렇게 사람은 언

제든지 정상에서 비정상으로, 또 비정상에서 정상으로 변할 수 있는 것이다.

이런 생각도 해본다. 가끔 지하철역이나 길거리에서 남들이 보건말건 둘이서 소리 지르고 싸우는 사람을 본 적이 있었는데, 나름대로 이유가 있겠지만 아마 다른 사람들이 보기엔 비정상으로 보였을 수 있겠다 싶었다. 과거에 밤중에 술 취해서 응급실로 내원한 검은 가죽 재킷의 10대 청소년이 있었다. 그는 모범생으로 잘 지내다가 어느 순간 갑자기 비뚤어진 행동을 보이기 시작하면서 무단결석을 하고 폭력적인 행동으로 인해 경찰서에도 몇 차례 갔었다. 아마 그 학생도 일반인의 눈으로 보기엔 비정상으로 보였을 것이다. 이렇게 우리는 언제든지 비정상이 될 수 있으니, 비정상에 대한 편견이나 선입견을 가지지 않았으면 한다. 늘 겸손해야 한다. 나도 어느 순간엔가 갑자기 비정상으로 될 수 있으니 말이다.

아직도 우리나라뿐만 아니라 전 세계적으로 다수에 속하지 않은 소수, 또는 장애에 대한 편견과 손가락질이 많다. 가끔은 댓글 보기가 섬뜩해질 때도 있다. 남들에게 피해를 주지도 않는데 그렇게까지 그들을 차별할 필요는 없지 않을까? 남과 다른 사람들에 대한 존중이 필요할 것 같다. 그들은 그렇게 되고 싶어서 된 것이 아니고, 어쩔 수 없이 그렇게 된 부분이 많다.

유전적으로, 사고로 인해, 심각한 스트레스로 남과 좀 달라진 것뿐이다. 비정상에 대한 편견이 불쑥 떠오를 때, 네가 만약 그 사람이었다면 어땠을까? 생각해 보길 바란다.

길게 보아야
알 수 있다

　환자들의 얘기를 듣다 보면 그 에피소드 하나하나가 드라마의 한 장면 같다는 생각이 든다. 순간적으로 불꽃이 튀겨 사랑에 빠져 동거하게 되고 결혼까지 했다가, 상대방이 문제 있는 사람인 것을 뒤늦게 알아 같이 사는 집에서 탈출까지 시도한 환자도 있었다.

　전공의 시절 세미나를 지도해주시던 한 선생님이 자신의 자식 얘기를 해주신 적이 있었다.

　"딸 녀석이 한 남자를 사귀게 되었는데 너무나 급속하게 빠져들어 정신을 못 차리더군요. 낮이고 밤이고 만나고 전화하고 심지어 나 몰래 새벽에도 만나러 나가고. 직장 생활도 제대로 못하게 되는 상황까지 갔습니다. 내가 보기엔 딸과 남자친구와의 관계가 정상적인 관계가 아니라는 생각이 들었습니다. 너무도 깊이 빠져있는데, 사랑이 서로를 발전시키는 관계가 아니라 서로를 망가뜨리는 관계로 밖에 생각이 들지 않았어요. 그래서 제가 주욱 지켜보다 반대했습니다. 둘이 헤어지는 게 서로를 위해서 좋겠다는 생각이 들었습니다. 사랑을 하는 중에도 서로 간의 경계는 필요한 법입니다. 자기만의 영역은 지켜야지요."

결국 두 연인이 헤어졌는지는 결과를 말씀해주지 않으셔서 모르겠다. 또 다른 선생님도 그와 비슷한 얘기를 사석에서 해주셨다.

"내 딸아이가 미국에서 한 남자를 만났는데 사진으로 보니 아주 멋지더라구요. 매력 넘치게 생겼어요. 그런데 딸과 통화를 해보니 그 남자가 지나치게 감정 기복이 심하고 사람을 힘들게 하고 자아의 경계가 없어서 내 딸의 결혼 상대로는 부적절했습니다. 끝까지 반대했는데 결국 둘이서 결혼을 강행했습니다. 안타깝게도 얼마 지나지 않아 헤어지게 되었죠."

이렇게 한순간의 감정에 휩쓸려 선택하는 결정은 편안한 행복으로 이어지기 쉽지 않다. 또 처음엔 그저 그런 사람인 줄 알았는데 길게 보니 아름다운 사람일 수도 있다.

진단도 마찬가지이다. 첫 면담만으로는 그 사람이 우울증인지 불안증인지 성격장애인지 잘 모르는 경우가 많다. 시간을 두고 얘기하고 듣고 많은 에피소드를 겪으면서 점차 그 사람의 역동이나 진단이 정확해지는 것이다. 사람이건 물건이건 길게 보아야 어떤 사람인지, 어떤 물건인지 잘 파악이 되고 내면의 가치를 알 수 있다.

네가 꼭
주인공일 필요는 없다

내가 그렇게 나서는 성격은 아니라서 그런지 어떻게 보면 늘 2등을 하면서 살아온 것 같다. 그러다 보니 운이 좋아 1등을 하기도 했었다.

예를 들어, 중학교 2학년 때 월말고사에서 주로 2등을 많이 했었는데 1년 동안의 통계를 내보니 1등이었던 적이 있었고, 사회생활에서 주로 도와주는 역할을 많이 맡았었는데 나중에 어쩌다 보니 기회가 주어져 주인공인 리더의 역할을 맡게 된 적도 있었다. 그래서 늘 1등만 하면서 살지 않아도, 꼭 1등이 되려고 하지 않아도, 가끔은 주인공이 되는 경우가 있다는 것을 알게 되었다.

내가 너희들에게 인생의 주인공이 되라는 말은 네 인생의 결정권을 가지고 하고 싶은 일을 하면서 살라는 말이지, 학교 생활이나 사회생활에서 꼭 1등으로 나서서 무엇이든지 주도적으로 하라는 말은 아니다. 때에 따라 그럴 경우도 있고, 그런 경험도 필요하지만, 내가 살아보니 굳이 나서지 않더라도 성실하고 꾸준하게 산다면 언젠가는 저절로 기회가 오는 것 같다. 세상의 배경으로 사는 것도 나쁘지 않은 것 같다.

삼사일행
(三思一行)

어떤 일을 결정할 때 세 번은 생각해 보고 정하는 것이 좋겠다. 과거에 어떤 일들을 내가 한 번에 결정한 경우가 몇 번 있었는데 간혹 실수가 있었다. 행사 날짜를 잘 못 정하거나 규정에 저촉되거나 한쪽에 치우친 결정을 해서 후회한 적이 있었다.

그래서 요즘엔 어떤 일을 결정할 때 심사숙고해서 정하고 급하지 않은 경우라면 일주일 정도는 두고 본다. 내가 무엇인가 놓쳤을 수도 있고, 좀 떨어져서 보면 빠뜨린 부분이나 더 좋은 아이디어가 떠오르는 경우도 생기기 때문이다.

공자의 말씀 중에 '삼사일언(三思一言) 삼사일행(三思一行)'이라는 말이 있다. 한마디 하기 전에 세 번 생각하고, 한 번 행동하기 전에 세 번을 생각하라는 뜻이다. 즉 말을 할 때는 신중하게 생각한 뒤 말해야 하고 행동 역시 신중하게 행해야 한다는 의미이다.

너희들은 가끔 어떤 일을 급하고 빨리 실행하려는 경향이 있던데 내 경우를 거울삼아 늘 신중하길 바란다. 그래야 후회가 적단다.

품위 있는
말과 행동

오늘은 품위 있는 삶을 영위하는 것에 대해 이야기하고 싶
다.

실제로 품위 있게 옷만 잘 차려입어도 말과 행동이 조심스
러워지지 않니? 여기서 옷을 잘 차려입는다는 것은 유행을 좇
는 화려하고 비싼 옷을 입는다는 것이 아니라 깨끗하고 단정
하게 옷을 입는다는 것을 의미한다. 외모를 가꾸게 되면 왠지
말도 함부로 하지 않게 되고 자세도 곧게 되고 행동도 차분히
하게 되는 것 같다. 외모가 중요한 건 아니지만 아무래도 잘
갖추어 입으면 그에 맞게 내가 신경 쓰려는 마음이 생겨 품위
있게 행동하도록 만들어주는 것 같다.

품위 있는 말을 하려면 기분에 따라 좌우되지 않고 상대를

배려하는 마음이 있어야 한다. 단어 선택이 품위 있으려면 책을 많이 읽어야 하는 건 당연하다. 그밖에 말하는 속도, 상대방의 얘기를 듣는 태도, 적절한 반응 등이 그 사람의 품위를 결정해 준다.

　행동도 바르게 해야 품위가 유지된다. 식사할 때에도, 식사하는 태도와 속도, 깔끔하게 먹는 식습관 등에 신경 써야 할 것 같다. 기본적인 눈 마주침, 표정, 제스처, 에티켓 등도 품위 있는 행동에 중요하다. TV에서 방영하는 시상식이나 대담 프로그램에서 연예인들이 그 긴 시간 동안 꼿꼿하게 자세를 유지하는 것은 보고 대단하다고 느낀 적이 있었다. 그러한 태도를 통해 자신감과 신뢰감이 느껴진다.

　남에게 잘 보이기 위해서가 아니라 너의 자존감을 위해서 네가 지적이고 우아한, 품위 있는 말과 행동을 했으면 좋겠다.

조금만 더
하면 되는데

내가 가진 나쁜 습관 중 하나는 마지막에 조금만 더 하면 되는데 안 하는 것이다. 내가 생 각해도 강박적인 성향이 있어서 비교적 일을 꼼꼼하게 처리하는 편인데 이상하게 맨 마지막에 한 번만 더 하면 될 일을 종종 안 하는 경우가 있다. 예를 들어, 글을 쓴 뒤 맞춤법과 띄어쓰기를 한 번만 더 확인하면 완벽한데 지쳤다는 핑계로 안 하고 그냥 제출한다든지, 식사하고 난 뒤 치울 때 그릇 하나만 더 치우면 되는데 그 하나를 안 하는 것이다. 행사나 일을 진행할 때도 한 번만 더 확인하거나 정리하면 완벽해질 것 같은데 그걸 안 한다. 나도 곰곰이 그 이유를 생각해 보곤 한다. 왜 맨 마지막까지 다 와서 마지막 한 번을 안 할까? 말 그대로 게으르고 귀찮고 힘들어서? 끝까지 최선을 다하라는 충고가 듣기 싫어서? 기운 빼고 해보았자 이득이 없어서? 이 정도면 할 만큼 했다는 자기만족 때문에? 2등만 해도 괜찮다는 자존감 저하 때문에? 내일이 아니라는 이기적인 생각 때문에? 그렇게 했는데도 결과가 안 좋을까봐?

아마 이 모든 이유가 섞여 있는 것 같다. 오늘부터라도 좀 힘들더라도 일의 마지막에 미흡한 부분이 없도록 한 번 더 마무리해 보도록 노력할 것이다. 대신 지나치게 강박적으로 마지막 마무리에 매달리지는 않으려고 한다. 너도 나와 같이 한 번 시도해 보기 바란다. 한 번 더 신경 쓴 마무리가, 완벽하든 그렇지 않든, 분명히 그렇게 하지 않은 사람보다는 더 좋은 결과를 보여줄 것이다.

당신은
가치 있는 사람

내가 일하고 있는 지역에 노인 인구가 늘어나서 그런지 나이 드신 분들이 외래를 많이 방문한다. 과가 과이니만큼 밝고 긍정적인 말씀보다는 어둡고 우울한 말씀을 주로 하신다.

"이렇게 사는 게 무슨 의미가 있는지 모르겠어요. 이제까지 해놓은 것도 없고 어느새 죽을 때만 바라보네요."

그러나 이야기를 들어보면 정말 이루어놓은 것들이 많았다.

"말씀하신 걸 듣고 보니, 젊을 때부터 한결같이 성실하게 사셨네요. 살림 다 하시고 집안 대소사 다 챙기고 애들 교육시키고 결혼시키고, 세상에 그렇게 큰일들을 잘 이루어 놓으셨는데 왜 아무것도 한 일이 없다고 하세요?"

"그건 누구나 다 하는 건데요."

"그렇지 않죠. 누구나 다하는 일이 아닙니다. 그리고 그 정도도 모두 다르구요."

나는 되도록 구체적으로 당신이 어떻게 훌륭한 일을 해왔고 당신이 얼마나 가치 있는 사람이라는 사실을 알려주려고 노력했다.

너희들도 마찬가지이다.

"아빠, 난 지금까지 뭐 하나 제대로 이루어놓은 게 없어서 불안해. 의미 있게 산 것 같지도 않고."

난 이렇게 얘기해주고 싶구나. 이십 년이 넘게 쉼 없이 매일 학교를 다녔고 어렵게 공부했고 가슴 졸이면서 시험 보고 힘들게 합격했고 돈도 벌었는데 왜 이루어놓은 게 없니? 난 너만큼 가치 있는 삶을 사는 사람을 찾아보기 힘들다고 생각한다. 또 수많은 유혹에도 흔들리지 않고 바르고 성실하게 자라온 네가 정말 자랑스럽고 존경스럽다.

너희 덕분에 난 매일매일 일할 수 있는 힘과 에너지가 생긴다. 너희들은 나의 동력이고 나를 바르게 살게 하는 나침반이기도 하단다. 내 환자들이 그리고 너희들이 누군가에게 얼마나 소중하고 가치 있는 사람인지 잘 알았으면 좋겠다.

살며
사랑하며 배우며

정신건강의학과 의사를 하는 덕분에 나도 살아 나가면서 많은 도움을 받고 있기에 축복이라고 생각한다. 나보다 먼저 살아본 환자들의 삶에 대한 이야기를 들으면서 많은 것들을 배우고 있기 때문이다.

"아, 나도 저렇게 살도록 노력해야겠다."는 생각도 하고, 반대로 "나는 저렇게 되지 않도록 조심해야겠다."는 생각도 때론 하게 된다.

너도 네 주변 사람들과 어울리면서, 또 사랑도 주고받으면서 이왕이면 무엇인가 배웠으면 좋겠다. 선한 영향력을 받기도 하고 동시에 주는 사람이 되었으면 좋겠다.

물론 주변에 늘 좋은 사람만 있는 것은 아닐 것이다. 나와 성향이 달라 같이 있기 껄끄럽고 힘든 사람들도 분명히 존재한다. 그래도 그 사람에게서도 배울 점은 있다고 생각한다. 무조건 나쁘고 안 좋기만 한 사람은 없다. 설혹 그런 사람이 존재한다면 그렇게 살지 말아야겠다는 것을 배우면 될 것이다.

요즘 들어 느끼는 건데 나보다 나이 든 사람뿐만이 아니라 나이가 적은 사람들에게서도 배울 점이 많더구나. 나이가 많건 적건 존경할 만한 사람들이 내 주변에 많아 그 역시 복이라고 생각한다. 내 그릇이 있으니 그 사람들의 능력을 닮기는 어렵겠지만 인품이나 태도를 닮는 노력은 한번 해보려고 한다.

주변을 잘 관찰하고 너의 모델이 될 만한 사람들이 있다면 너도 한번 닮아보길 바란다.

나도 부모는
처음이라

내가 너만 할 때는, 이 나이쯤 되면 세상의 이치를 모두 알게 될 줄 알았다. 하지만, 지금 이 나이가 되어보니 그렇지 않더구나. 어쩌면, 나는 부족한 모습 그대로 이번 생을 마칠 지도 모르겠다. 아직 철이 들지 않았는데, 이렇게 부모 역할을 감당하느라 때때로 버겁고, 그래서 미안하구나. 돌이켜 보면 온통 후회스러운 일뿐이다. 퇴근 후 피곤하다는 이유로 너희와 대화도 안 하고 혼자 들어가 누워버린 일이 후회스럽고, 너희가 공부와 진로 때문에 괴로워할 때 같이 아파해주지 못한 것 것도 후회된다. 무엇보다 가슴 아픈 것은, 언젠가 내가 먼저 이세상을 떠나버린 뒤 너희들이 힘들어할 때 곁에 있어 줄 수 없다는 사실이다. 비록 아무런 도움이 되지 못하더라도 곁에 함께 있어 주고 싶은데, 그럴 수 없다는 것이 미안하다.

모든 인간은 완벽할 수 없듯이, 부모 역시 완벽할 수 없다. 좋은 부모가 되기 위해 애쓰지만, 여전히 부족한 점이 많을 것이다. 그런 부족함을 고백하면서 너희들의 이해를 구하고 끊임없이 노력할 것을 약속한다.

먼 훗날 언젠가 삶이 힘들 때, 하늘을 한 번 올려다보렴. 부족한 내가 저 하늘에서 너희들이 잘 버텨내는 모습을 꼭 지켜볼 테니.

나는 늘
네 편이란다

    나는 가끔 모든 게 걱정된단다. 너희들이 알아서 잘 자라주니 고맙기는 하지만, 여전히 쓸데없는 걱정이 많다. 아플까 봐, 사람들에게 상처받을까 봐, 일 때문에 힘들어할까 봐 사서 하는 걱정이 끊이질 않는단다.

    앞에서도 말했지만, 내가 이 세상에 없더라도 네가 힘든 일에 부딪힐 때마다 네 마음속에서, 또 하늘에서 널 지켜보고 응원하고 있다는 걸 꼭 기억해 주길 바란다. 세상의 모든 부모가 마찬가지겠지만, 나는 영원한 네 편이다. 비록 서툴고 부족한 부모의 사랑일지 몰라도 나는 늘 네 편이다.

    나도 힘들고 지칠 때는 하늘을 쳐다보곤 한다. '부모님이 나를 지켜보고 계시는구나. 힘내라고 응원하고 계시는구나. 훌륭한 내 자식이라고 자랑스러워하실 거야!' 그렇게 생각하며 다시 힘을 낸단다. 너도 그렇게 버텨내길 바란다.

그럴 리는 없겠지만, 만약 세상 사람들이 다 네게 등을 돌려 네 편이 없을지라도 결코 외로워하거나 두려워하지 말아라. 너의 뒤에는 내가 있을 것이고, 나는 너를 위해 어떤 싸움도 마다하지 않을 것이다.

"나를 믿어주는 한 사람만 있다면 살 수 있다." 이 말을 꼭 기억해주렴.

마음이라도
편하게

　이젠 나이가 들 만큼 든 부모가 되었는데도, 여전히 내가 부모 역할을 제대로 하고 있는지 확신이 서지 않는다.

　너희들이 "일이 너무 힘들고 어려워서 더 이상 못 하겠어요. 그만두고 싶어요." 말하면 "그래. 그렇게 힘들고 어려우면 그만둬도 돼. 더 좋고 네게 맞는 일이 또 있겠지." 이렇게 말을 해주곤 했다. 그런데 그것이 부모로서 옳은 조언이었는지 잘 모르겠다.

　"힘들어도 좀 더 견뎌봐. 세상에 힘들지 않은 일이 어디 있겠니? 이것도 못 견디면 세상을 어떻게 살아가니? 포기하지 말고 끝까지 참고 견뎌."라고 말하는 것이 보통 부모 아닐까 하는 생각이 들기도 했다. 언젠가 나중에 너희들이 "그때 좀 더 견뎌보라고 하지 왜 그냥 포기하게 하셨어요?"라며 내게 항의할까 봐 두렵기도 하다.

그러나 내게 방문하는 많은 사람들이 사는 게 너무 힘들고, 모든 걸 그만두고 싶다고 괴로워하는 모습을 볼 때마다 너희들이 떠오르면서, 나는 너희들이 힘들어한다면 마음이라도 편하게 해줘야겠다는 생각이 들었단다.

지금도 너희들에게 어떤 말을 해줘야 할지 잘 모르겠다. 너희들이 얼마나 견딜 수 있는지, 그리고 주변 환경이 어떤지를 충분히 고려해 조언해야 한다는 것은 알고 있다. 하지만 솔직히 나조차도 나 자신을 다 알지 못하는데, 너희를 정확히 판단하는 일은 더욱 어려운 일이다. 결국, 너희들이 스스로 삶을 결정하는 수밖에 없다. 냉정하다고 생각될 수 있겠지만 그래야 후회가 없을 것이다.

너희들이 스스로 삶을 결정하고, 궁극적으로 독립을 할 수 있도록 도와주는 것이 부모로서 내가 할 수 있는 최선이라고 생각한다.

세상의 모든
아들딸에게

　새삼 말할 필요도 없지만, 너희들은 내게 목숨보다 소중하
단다. 너희들을 만나기 전에는 나의 명예, 나의 행복, 나의 시
간이 더 중요했었다. 그러나 너희들을 만난 이후 모든 것이 바
뀌었다. 너희들 이외의 모든 것은 내겐 다 부수적인 것이 되어
버렸다. 너희들의 건강과 행복만이 내 인생의 목적이 되어 버
렸다. 너희들을 위해 쓰는 돈이 이렇게 하나도 아깝지 않을 줄
몰랐다. 너희들을 위해서라면 내 목숨도 아깝지 않다는 생각
을 하게 될 줄은 몰랐다. 자식을 위한 부모의 마음은 다 마찬
가지로 경건하며 성스럽다고 생각한다. 너희들의 존재와 너희
들에게 내가 느끼는 이런 감정과 경험은 하나님이 내게 주신
귀한 선물이라고 생각한다.

너희들이 얼마나 소중하고 귀한 존재인지 너희들은 모를 것 같아서 이 글을 남긴다. 그러니 부탁하건대 너희 자신을 소중히 여기고 어떤 일이 있어도 함부로 취급하지 않길 바란다.